ポルタ文庫

探《さが》しものは妖怪《ようかい》ですか？
はざまの神社《じんじゃ》の猫探偵《ねこたんてい》

霜月りつ

新紀元社

ポルタ文庫

探《さが》しものは妖怪《ようかい》ですか？

はざまの神社《じんじゃ》の猫探偵《ねこたんてい》

霜月りつ

新紀元社

Contents
目次

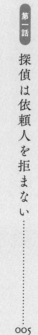

第一話　探偵は依頼人を拒まない

序

漫画なんかであるだろう？　体は子供で頭脳は大人の名探偵っての。そんなのいないって？　いやいる。俺がそう。

まあ、俺の場合は頭も体もちゃんと一二歳なんだけど、子供で探偵ってとこは一緒じゃん？

俺は真夜《まよる》。気軽にヨルって呼んでいいぜ。

日本の場合、欧米なんかと違って探偵の許可証《ライセンス》はいらない。ただ警察に届け出をだせばいいいんだから簡単だ。

俺たちは東京、三軒茶屋の雑居ビルで探偵事務所を開いている。

俺たち、というのは俺ともう一人、今、ベッドの上でだらしない格好で寝ているおっさんのことだ。これは俺の相棒の帆布里朝斗《ほふりあさと》。

もうじき三十になるっていうのに、女っけもなければ金もない。自称探偵なんていう無職に近い職業で満足している、向上心のない人間だ。

これでも昔は優秀な医者だったんだぜ？

医者の家系に生まれて厳しく厳しく躾けられ、ずーっと親の敷いたレールの上を走ってきたのに、あるときいきなりプッツンって切れて、そのレールから大脱線。病院を逃げ出しちまった。数ヶ月ホームレスをやって、だけど向いてなかったんだろうな、あっさりと死にかけた。そんなときだ、俺と出会ったのは。

俺と朝斗は二人でじっくり話して、朝斗が子供の時になりたかったという探偵を職業にすることにした。

朝斗はクレジットカードを一枚だけ捨てずに持っていたので、それで引き出した金で部屋を借り、探偵事務所の看板をさげた。

俺は頭はいいけど子供だから事務所を借りることはできないし、探偵業の申請をすることもできない。仕事にしてもやっぱり大人の朝斗が受ける方が信頼されるだろう。

まあ、朝斗も、もともと頭はいいし、手先も器用なのでなにかと役には立つ。

俺たちは探偵の看板はあげているものの、仕事は主に猫捜し。今までのところ、百パーセントの確率で迷い猫を捜し出すので、猫探偵って言った方がいいかな。

俺はなぜか行方不明の猫を見つけるのが得意なのだ。依頼を受けてペットが消えたあたりを二、三日うろついていると、向こうから近寄ってきてくれる。なんかいい匂いでもするのかな。

「朝斗、そろそろ起きろよ」

朝斗が寝こけているベッドに飛び乗ってそう言うと、相棒は薄目を開けて俺を見上げた。やる気なさそうにあくびをする。

「依頼された猫を捜しに行くぞ」

「僕は疲れている」

「昨日、調子に乗って飲みすぎたのが悪いんだろ」

「喉がカラカラだ。水をくれ」

「自分で起きて飲んで、ついでに歯を磨いて顔を洗えよ」

俺がそう言うと、朝斗はようやく起き上がった。よろよろと洗面所に向かう。俺もベッドから飛び降りる。フローリングのひやりとした感触が素足を刺す。

そのとき視界の端にチラリと黒く細長いものが見えてすぐ消えた。

（またか……）

なんだかわからないけど朝起きたときとか、ぼんやりしているとき、そういうものが見える。すぐに消えるからいいんだけど、見えることがうっとーしくて、目の病気じゃないかと、俺は以前朝斗に聞いたことがある。

「飛蚊症《ひぶんしょう》かもなあ」

朝斗はそう言って俺に目薬を注《さ》してくれた。それでも消えることはない。気にしなければいいいんだけど……そのせいで俺は目薬をかかせない。

ガラガラオエエという汚い音がしたあと、朝斗が顔をびしょびしょにしたまま洗面所から出てきた。

「タオルがない」

「洗濯すればあるよ」

朝斗は仕方なく洗濯かごの中からタオルを引っ張り出す。

「あー……、いい天気だ」

ブラインドから朝の陽ざしが縞々になって床に落ちている。朝斗は人差し指と親指で羽根《スラット》を開いて嫌そうに言った。青空が沁みたか、目を細めている。

ミント色の息が窓ガラスを白く染めた。季節は春だが、まだまだ外は寒いらしい。

「いい天気でよかったじゃないか。泥だらけの地面に這いつくばらなくて済む」

朝斗は俺の言葉に鼻を鳴らしただけだった。

事務所兼自宅のワンルームは、依頼人がドアを開ければ正面にデスクが見える。ちょっと離れたところにソファとローテーブル。その背後に立つキャビネットの裏側にベッドが隠してある。

ラグの一つもない寒々しい部屋なので、せめて窓に布のカーテンを、と提案したこともある。だが、探偵事務所にはブラインド、という朝斗の妙なこだわりで全面ブラインドカーテンだ。

「仕事に出る前に朝食にしようぜ」

俺の言葉に朝斗は「たまにはおまえが作れ」と言いながらもキッチンに入ってくれた。器用な朝斗は卵を片手で割れるし、キャベツの千切りも得意だ。あっという間に朝食の用意をすると、俺たちは来客用の小さなテーブルで朝飯を食べた。

朝斗は自分にはコーヒー、俺には温めたミルクを出してくれた。

「猫、捕獲器に入ってればいいけど」

俺は目玉焼きをつついて黄身を白身の上に流した。

「依頼された猫の捜索に三日以上かかってる。今日、捕獲器に入ってなかったら、少し範囲を広げるか？」

「いや、最近冷え込んできているから……あまり遠くへは行ってないと思う。まだこの範囲で捜そうぜ」

朝斗は黙ってうなずいた。基本的に仕事のイニシアチブは俺にある。朝斗はものを考えることが面倒なのだ。子供の頃からさんざん頭を使ってきたので、今は休ませているというけど、言い訳だよな。

別にいいけど、仕事以外のことも俺がいちいち言わないとやらないのは、ただのものぐさなんじゃないか？　朝になったら起きろと言い、歯を磨け、顔を洗え、食事を取れと、俺はあんたの母親じゃないんだぞ。

朝斗は半熟のスクランブルエッグを載せたトーストを口にし、サクサクといい音を響かせている。皿の上のキャベツの千切りもきちんと手前から食べられていて、パンくずも落ちていない。

だらしのない風を装っているが、朝斗の食事の仕方はきれいだ。こういうところに育ちが出るんだろうな。

「コーヒー、いい匂いだ」

俺が言うと朝斗はうなずいて、

「まめやの新作だ。エクアドルの契約農園」

行きつけのコーヒー豆の焙煎店で購入した豆。ほとんど趣味のない朝斗だが、コーヒーは好きらしい。コーヒーを飲んでいるときは、あまり変化のない朝斗の表情が少しだけ柔らかくなる……気がする。

喜怒哀楽をめったに外に出さないっていうか、感情を表すことも面倒なのか、それともともと感情がないのか、とまで思ってしまう。

好きなコーヒーを飲んでるときくらい笑えばいいのに。

俺は朝斗の笑顔を見たことがない。一緒に暮らすようになって三月《みつき》は経つっていうのに、テレビのバカみたいなコントを見ていても唇が動いたためしがない。

朝斗の笑い声が聞きたいのだけれど、俺もたいして話が上手な方じゃないから、どうやって笑わせばいいのかわからない。

朝斗は、顔立ちは悪くないのだから、笑えば女にもてるだろうに、勿体《もったい》ない。

食事を終えて俺たちは二人で部屋を出た。部屋のドアには「N&M探偵事務所」というプラスチックのプレートが張ってある。NはNight、MはMorning、つまり夜と朝。俺と朝斗の名前からとった事務所名だ。

俺たちは捕獲器を仕込んだ寺の境内に向かう。チラシをまいたとき、何日か前にこの境内で似た猫を見た、という目撃情報をもらったからだ。猫がいたときのために、キャリーケースも準備していた。

「ありゃりゃ」

捕獲器には猫を怖がらせないように毛布をかけておくのだが、その毛布が地面に放り出されていた。捕獲器はというと、壊されている。中の餌はきれいに消えていた。

「ひどいことをするな」

朝斗は棒読みで言った。怒っているわけでも悲しんでいるわけでもない。事実だけを言う声だ。

「捕獲器も高いのに」

俺はしゃがんで捕獲器を見た。天井がやぶれている。しかも、内側から強い力でぶっ叩いたように、ワイヤーが外側を向いていた。

「どう思う？」

俺が聞くと朝斗は首を横に振った。ちくしょう、丸投げかよ。

「中に入った猫が暴れて壊した……なんてことはないよな。このワイヤーを猫が破壊するのは無理だ」

「猫より強いものが入ったんじゃないのか？」

「猫より強い……？　たぬきとか、ハクビシンとか……。いや、無理だ。イノシシくらいじゃないと」

「じゃあイノシシだ」

ちっとは考えろよ。俺が朝斗を睨むと朝斗はうつむいて考える振りをする。

「あのな、ここは三軒茶屋なの。こんなところにイノシシが現れてみ？　大騒ぎになるだろう？」

「……クマじゃないのか？」

大きくなっただけだ。力的にはそのくらいありそうだけど、まあ、違うだろうな。

俺は捕獲器に顔を近づけた。犬や猫の匂いとは違う、強烈な硫黄《イオウ》臭がする。それに中に残っている黒く硬い毛。

朝斗はその毛を摘まみあげるとポケットの中のハンカチに包んだ。

「こんなに臭いと猫も近寄らなそうだな。場所を変えてもう一度捕獲器を設置しよう」

「わかった」

朝斗はそう答えたが、俺は捕獲器のそばから立ち上がらなかった。

「どうしたんだ？　ヨル」

「クマやイノシシのように力の強い動物がうろついているのは危険じゃないかな？」

「それはそうかも……しれないが」

だから？　と俺を見る朝斗に俺は捕獲器をつついた。

「注意を促すことはできるんじゃないのか？」

俺は朝斗をひっぱって近くの交番へ行った。

警官は朝斗の父親ほどの年齢で、気難しそうな顔をしていた。朝斗を見て「どうしました」と聞いてくる。俺の方は見もしなかった。むっとした俺の目の端にまた黒くて細長いものがさっと横切る。俺はそっちの方を睨んだが、なにもなかった。

朝斗は警官に壊れた捕獲器を見せ、危険な動物がいるかもしれない、と伝える。だが、警官は俺たちが「探偵」だと言うと胡散臭いものを見る目でまともに取り合おうともしない。わかっちゃいたが、警察と探偵は相いれない存在だ。

「そんな動物がいるとは思えませんがねえ。もしかしたら人間が金属バットで殴ったのかもしれませんよ――器物損壊の被害届を出しますか？」

警官は面倒くささそうに言った。届けの書類を出しもしない。

とりあえず伝えたからいいじゃないか、という顔で、朝斗は俺を見た。俺はしぶしぶうなずき、交番をあとにした。

「不満そうだな」

交番から離れたところで朝斗が言う。俺はふくれっ面をしてみせた。

「まあ仕方ないさ」

朝斗は俺の頭をぽんと叩いた。朝斗の手は温かい。慰めに笑顔を向けてくるかと思ったが、いつもの薄暗い顔つきのままだった。

「猫を捜そう」

「うん」

俺たちはまた地道な猫捜索に戻った。


猫の捜索は飼い主の家から円を描くようにして行う。猫は基本そんなに遠くまで行かない。もし行くとすれば驚いたり怖い目にあったりして我を忘れて走り出すときだ。

逃げ出した飼い猫は、大抵は怖がっているので狭く暗い場所にいる。そのため俺たちは地面に這いつくばって車の下を覗いたり、他人の敷地の壁から頭を出して庭を覗いたりする。

時には警察に通報されることもあるが、朝斗は探偵の登録書のコピーを何枚も持っているので、それを見せて事情を説明する。こういうのはやっぱり大人じゃないと信用してもらえない。

捜している途中でバイクのシートに座り込んでいる大きなトラ猫を見つけた。その泰然とした風格にこの辺りのボスかもしれないと考える。

「なあおまえ、三日前に脱走した飼い猫しらねえ？」

俺はその猫に声をかけた。

「白くて背中に黒いぶちが二つ、目玉みたいに並んでいるんだ。ピンクの首輪をしている。もし見かけたらこの近くまで出てきてくれるように言っておいてくれよ」

地域の猫に声をかけるのは俺の習慣だ。バカにすんじゃねえよ、これが不思議と効く。猫には猫のネットワークがあるんじゃないかと思うほどだ。

トラ猫は大きくあくびをすると、バイクの上からひょいと降りた。そしてトトトと俺の前を走り、ぴたりと立ち止まってこちらを振り向く。

「……」

俺は朝斗に合図をした。停車している車の下を延々覗き込んでいた朝斗が俺のそばに来る。

猫はまた歩き出す。俺たちは猫のあとをついてゆく。ピンと立った尻尾の下に、黄色い毛に包まれた立派なたまたまが揺れていた。

近年保護猫活動が盛んになり、野良猫はたいてい去勢されているが、こいつはそんな活動家たちの手をかいくぐってきた歴戦の強者《モサ》なのだろう。

トラ猫がビルとビルの間に入った。かなり狭い隙間なので、朝斗には入れない。俺は朝斗にここで待つように言って、猫のあとを追った。

狭い隙間は真上からの陽光も届きにくく、薄暗い。俺は目がいいので足元のガラスやゴミも避けて歩ける。

じきに突き当たりになり、猫はそこを右に曲がった。すると潰れた段ボールがいくつも重なっている、やや広い場所に出た。その段ボールの下に、白い猫がいる。

「……のんのん?」

依頼されていた猫だ。白い毛皮、背中に二つのぶち。

俺が手を差し伸べると、猫は怯えて背を丸める。しゃあっと鋭い息も吐かれた。俺は辛抱強く手を出し続ける。

やがて猫は怒らせていた肩を下げ、そろりそろりと段ボールから這い出してきた。

「おいで」

猫は俺の指先に鼻をくっつける。ここまでくればもう大丈夫だ。俺の匂いを嗅ぐとどんな猫でも安心してくれる。

「よし、いい子だ」

俺はゆっくりと後ずさった。猫もゆっくりとついてくる。

「おいで、のんのん」

言いながら俺は顔を上げて案内してくれたトラ猫を見た。猫は満足そうに前足を舐めている。

「助かったよ」

声をかけ、笑いかける。

どうってことないさ。

そんな返事をされたような気がした。


隙間の入り口で待っていた朝斗は、俺が出た後ついてきていた猫を、捕獲網をかぶせて捕まえた。素手で抱こうとするより、網の方が確実だ。猫は驚いて暴れたが、その上からさらに黒い袋で覆う。こうすればたいていの猫は大人しくなる。

しばらく内側から袋を蹴っていたが、じっと押さえているうちに諦めたのか動かなくなった。

そのままキャリーケースに入れ、二人で大きく息をついた。

「依頼終了」

こんなときでも朝斗は笑わない。切れかけた蛍光灯にうんざりしているような顔のままだ。ちょっとは笑顔を見せろよ。

不意に、ぞっとした。まるで背筋へ氷を押し当てられたような感覚に、俺は今抜けてきた隙間を振り返った。

薄暗いビルとビルの間、その奥。

「なんだ?」

朝斗が覗き込もうとした。その顔めがけ、なにか真っ黒いものが飛び出してきた。

「うわっ⁉」

朝斗はみっともなく尻もちをついた。それは狭い隙間を通ってくるくらいには細かったのに、外へ飛び出した瞬間、三倍くらいの大きさになって、ガードレールを蹴ってビルの壁に飛び移った。そのまま勢いよく上まで登っていく。

「タヌキ……ハクビシン……イタチ……違う、猿?」

一番スタイルが近いのは猿だと思った。長い両腕でビルを登っていくところなんか。

だけどはっきりわからない。猿とは言い切れない、いびつな形をしていた。

「なんだったんだ、あれは」

起き上がった朝斗がガードレールに近づく。それは強い力で蹴られたらしく、へこんでいた。

「同じ毛だ」

ガードレールの下に黒い毛が落ちている。朝斗はポケットからハンカチを出した。その中には寺の境内で壊された捕獲器についていた毛を入れていたのだが、比べると確かに同じものだった。

「ほんとだ」

かすかに硫黄臭も残っている。

「じゃあ、あいつが捕獲器の餌を横取りして壊したやつなのか」

俺たちはやつが登って消えていったビルの先を、しばらく見上げていた。

猫を捕獲したと連絡したら、依頼主はすぐに飛んできた。平日の昼間だというのに家族揃ってだ。

キャリーから出したのんのんを、父と母と娘は泣きながら抱きしめた。

この三日間、家族がどれほど胸を痛めていたかよくわかる。

三人は朝斗に何度も何度も頭を下げて礼を言った。そばにいる俺には一瞥もくれない。ただ、娘さんだけは俺にも微笑んでくれた。

嬉しそうな家族の顔に俺も嬉しくなる。朝斗はそんな彼らをぼんやりとした顔で見送った。笑えよ、にこりとしてやれよ。顔の造作はいいんだから、演技でも笑えば客も喜ぶのに。

夕方、俺たちはまめや珈琲へ行った。朝斗がお気に入りの珈琲豆の焙煎店。いつも大きな焙煎機がガラガラと音をたて、コーヒーのいい香りに満たされている。この店には豆を購入するだけでなく、喫茶するスペースもある。もっとも小さなカウンターだけだが。

「いらっしゃい、帆布里さん、ヨルくんも」

まめやのマスターは俺にもちゃんと対応してくれる数少ない大人だ。

朝斗はそこでトラジャという豆を焙煎してもらった。できあがるまで二〇分ほどかかるので、その間、コーヒーをいただく。

まめやのマスターは朝斗にモカを、俺にはミルクをくれた。コーヒーの匂いは好きなのだが、味はいまいち苦手だ。俺も大人になれば飲めるようになるのだろうか？

マスターは自慢の豆の話をしばらくしたあと、実は、と言い出した。

「このところずっとゴミステーションが荒らされるんですよ」

頭を包んだバンダナの下で、マスターは眉を八の字にしていた。

三軒茶屋の大通りからはずれてはいるが、このあたりも多少の飲食店はある。そのゴミ捨て場で可燃物が出されると、翌朝ひどく荒らされているそうだ。

「カラスじゃないのかな」

俺が言うと、朝斗もそう思ったのか「カラスの仕業では？」と言った。

マスターは首を振りながら、

「ネットをブロックで押さえているのにそれごとネットがはねのけられていてねえ、ゴミ箱はひっくり返るし道路にまでゴミがちらばるんだ」

それはカラスではなさそうだ。俺の脳裏に昼間見た黒い獣の影がよぎった。朝斗を見ると俺の考えがわかったのか薄くうなずいている。

「だからといってホームレスの人がゴミをあさるなんて思えない。生ゴミも紙ゴミもおかまいなしなんだから」

そこでマスターが町内会と相談して、朝斗を雇うことになったらしい。

「こんな仕事なんだがお願いできるかな」

猫専門の探偵とはいえ、ご近所つきあいは大事だ。朝斗が俺を窺うように見るので、所長の俺としてはもったいぶってうなずいてやった。

「わかりました、引き受けます」

朝斗がそう答えた、猫捜しの場合は前金でいくらかいただくのだが、今回は捜査が終わった時点でもらうことにした。

犯人が動物か人かわからないし、相手によって対応が違う。人なら注意すればいいが、動物だとそのあと来ないように、なにか仕掛けなければならない。

「お願いしますよ」

まめやのマスターはコーヒー豆を百グラムおまけしてくれた。


その夜、張り込みに行く前に伊勢辰《いせたつ》という焼き鳥屋に寄った。ここは女将さんと無口なじいさんの二人でやってる小さな店だ。女将さんは暖簾《のれん》をくぐった朝斗に嬉しそうな顔をする。

彼女は朝斗に気があるんじゃないかと俺は踏んでいる。カウンター越しに朝斗にしか話しかけないし、酒や串もおまけしてくれるからだ。

まあ俺が朝斗の子供ではないってことはわかっているはずだが、ここまで無視されるといっそ清々《すがすが》しいぜ。

朝斗は焼き鳥を串から外して俺の皿に載せてくれた。

俺はどうもあの串で喰うのが苦手なのだ。むしろ串なんかないほうがいいと思っているが、そうなると焼き鳥ではないらしい。

高級焼き鳥店は串から外れた状態で出してくれるそうだが、朝斗にはそんな店に出入りできる甲斐性がない。俺はちまちまと朝斗が外してくれた鶏肉を喰う。

食事を終えて事務所で一休みした後、朝斗は二四時間営業しているレンタカー屋で車を借りた。車で追跡するわけじゃない。ホテル代わりだ。三月の東京はまだまだ寒いし、車の中で気配を消して張り込んだほうが犯人を捕まえることができる。

犯人、というか動物、だろうな。俺たちが思い描いたあの黒いやつ。

ゴミステーションの場所は通りに面した公園の入り口、街灯の下だ。収集日当日の朝に出すのが基本だが、店を営業している場合、前日の夜に出してしまうことが多い。

今も、緑色のネットをかけられたゴミ袋がいくつも積んである。

大通りに面してはいないが、このあたりもコンビニはあるし人は歩いている。車は真夜中でも走っている。だから人に見つからずにゴミをあさるには、ほぼ人気《ひとけ》のなくなる午前二時を過ぎた頃……。

俺たちは一時くらいから、ゴミステーションのそばに車を停めて張り込んだ。

カップ麺を食べ、あんパンを食べ、おにぎりを食べ、えびせんをぱりぱりと食べた。甘い缶コーヒーも飲んで、カーラジオから流れる音楽にあわせて歌も歌った。

スマホ画面は見なかった。見ていると見張っている対象を見逃すからだ。

二時を回り、三時が過ぎる。

一日目で解決するなんて思ってはいなかったが、今晩は空振りかなと座席にもたれかかった。

「寝てていいぞ」

朝斗が言う。

「朝斗こそ、寝てろよ」

「僕はいいんだ」

「よかないよ。朝斗の方が年なんだから。体力もたねえぞ」

「じゃあ、かわりばんこに寝よう」

お、知恵をつけたな。

「四時まで寝る」

「おっけー」

朝斗が座席を倒して顔の上にジャケットをかぶせた。俺はダッシュボードにあごを乗せてフロントガラスからゴミステーションを眺める。

カラス除けの緑のネットがかぶせられ、その上にブロックが置いてある。人ならブロックを取り除いてネットをめくれるが、カラスにはそこまでの力はない。犬猫にだって無理だ。しかし、あの腕の長い獣なら……。

あくびが一つ出て俺は考えることをやめた。ヤツの正体がなににしろ、捕まえてみればわかる。

フロントガラスを睨んでいると、そのガラスにひょいと黒くて細長いものが映った。

それはすぐに消えた。

外じゃない、中にいるものがガラスに映ったのだ。

目のせいじゃない？　ほんとに俺のそばにあれは存在しているのか？

けれど一度見失うと、どんなに探してもあの黒くて細長いものは見つからない。

「くそっ」

俺はいらついてハンドルを叩いた。

四時になった。俺は朝斗を起こそうと運転席に身を乗り出した。

そのとき、ゴミステーションに置いてあったゴミ袋の一つが動いた。

「お？」

ゴミ袋がゆらゆら動くと、ネットを押さえていたブロックがごろりと転がる。俺は朝斗の顔をぺちぺちと叩いた。

「朝斗、出たぜ」

朝斗は目を閉じたまま手探りでリクライニングを起こす。

ガクンと体がまっすぐになると、朝斗も俺のようにダッシュボードに身を乗り出すようにして前方を見た。

「なにかいるな……」

「暗くてよくわかんないけど、たしかにいるよ」

ネットが勢いよく跳ね上がる。ガサリゴソリとゴミ袋が道に放り出された。

「あーあー、朝片づける人の身にもなれよ」

ゴミ袋の山の中からまた一つゴミが放り出される。だがその黒いゴミ袋は道に出ると急に大きく膨れ上がった。

「あいつだ」

俺たちはガラス越しにそれを見た。

その体はゴミ袋を二つ重ねたくらいの本体に長い腕、足は膝を曲げているのか短いが、二本ある。黒い獣ははねるようにして、道に放り出したゴミ袋の方へ近づいた。

それが腕を横に振ると、ゴミ袋が破けて中から生ゴミがあふれ出る。それは選り好みもせずに、ガツガツと手当たり次第食べ出した。

「あれ、なんだろう？」

「猿に見えるな」

「だけどなんか変だな……」

「まずい」

朝斗が呟いた。見るとゴミステーションに誰か近づいていく。

街灯の弱い光で見る限りでは、背の低い、子供のような体だ。黒っぽいフードのついたコート、いや、マントを着ている。マントの下からは極太ヒールのブーツをはいた足が見えていたので、女の子だとわかった。

「なんだってこんな時間に」

俺たちは車を飛び出した。

「おい、あんた！　こっちくるな！」

俺は怒鳴った。マントの少女はその声が聞こえたのか、いったん止まる。だが再び歩き出した。

「くるなって言ってんのに」

朝斗は懐中電灯をつけ、ゴミステーションの獣を照らし出す。光を当てられたそれは腕をあげて顔を隠した。

「やばい」

朝斗がまた呻《うめ》いた。

「猿じゃない」

確かに猿じゃない。猿に似ているのは体つきだけだ。

その顔はうろこのない魚のようで、腹の部分には毛がなく、まるで蛇のように白い段になっている。俺がなんか変に思ったのも当たり前で、こいつは腕が四本あった。しかも下の二対《につい》はカマキリのように先がとがっている。

「こんな動物……いるはずがない」

そいつはとがった爪の先でゴミ袋を刺すと、それを勢いよく俺たちに投げてきた。それから近づいてくる小柄な人影に向かって跳躍する。

「だめだ、こっちだ!」

投げられたゴミ袋を避け、朝斗がボトムの尻ポケットからスリングショットを取り出す。念のために用意していた武器だ。パチンコ玉をセットして、獣めがけて放った。

「ぎゃっ！」

どこかに当たったのか、それは人のような声を上げた。

スリングショットにはいろんな種類があるが、害獣駆除に使うようなものは勢いが違う。窓ガラスくらいなら簡単に割れるし、空き缶に穴をあけることもできる。体に当たれば玉の大きさによっては骨折もする。

それはくぐもった呻き声をあげ、こっちを向いた。爪のある前足をガツガツとコンクリに刺して突進してくる。

「ヨルッ、逃げろ！」

俺と朝斗は二手に分かれた。獣はためらうことなく体の大きな朝斗を追う。

「あんた、早く逃げろ！　警察を呼べ！」

俺はマントの少女に叫んだ。近寄ったので顔が見える。俺よりも幾分年上の少女、白い顔はまるで人形のようにかわいらしい。そしてその面《おもて》には恐怖も驚愕も表れていなかった。

「あんた……」

少女が視線を横にそらした。振り向くと黒い獣が朝斗の上にのしかかっていた。

「朝斗！」

俺は朝斗のもとへ走った。

「ヨル！　くるな……っ！」

朝斗は獣の指のある手で首をしめられていた。別の二本のとがった爪が振り上げられる。

「だめだぁ！」

俺は跳躍した。朝斗まで二メートル、その距離を跳んだ。俺は獣の背中にしがみついた。

「離れろ！」

頭の部分に爪を立て、思い切り噛みつく。獣は身をのけぞらせ、そのすきに朝斗が下から這いだした。

「ヨル！　逃げろ！」

朝斗がスリングショットを構える。パチンコ玉のかわりに小石をつまんでいた。

バチン！　と激しい音がして、獣が顔を押さえ悲鳴をあげる。俺は獣の頭部から飛び降りた。

「朝斗、出直そう！」

俺が叫ぶと朝斗が俺に手をさしのべる。その手の中に飛び込もうとしたとき、背中に強い衝撃がきた。

「わああっ！」

俺は地面の上を転がった。背中が燃えるように熱くて痛い。獣があのでかい爪をふるって俺の背中を切り裂いたのだとわかった。

「ヨル！」

朝斗からは数メートル離れていた。体中に力が入らず、指の一本も動かせない。獣は俺に向かって撥《は》ねてきた。

「ヨル！」

朝斗が駆けてくるのが妙にゆっくり見えた。ひやっと全身が冷たくなる。

ああ、朝斗……寒いね。

朝斗と会ったときも、こんなに寒かったね。

あれは、東京のくせに雪の降ったクリスマスの夜だった。

二

真夜に初めて会った日を聞かれれば、帆布里朝斗は一二月二五日、クリスマスの夜と答える。

その日のことはよく覚えている。帆布里朝斗は死にかけていたからだ。ホームレスになって二ヶ月たっていた。着の身着のまま病院を飛び出して、しばらくはネットカフェで過ごしていたが、やがて両親の捜索の手が伸びてきたので、思い切って公園のホームレスに声をかけ、仲間に入れてもらった。

朝斗が逃げてきたのは都下にある総合病院からだった。朝斗はその病院に外科医として勤めていた。

父と母は病院の院長であり、理事だった。朝斗も子供の頃から医者になるべく、育てられた。

医者には体力も必要ということで、水泳や柔道も習わされたが、幼稚園から小学校、中学、高校、大学と、机の前に座っている時間が圧倒的に多かった。

勉強を拒んだり、成績が落ちたりすれば容赦なく叩かれ、食事を抜かれることもあった。クローゼットにずっと閉じ込められたこともある。熱が出ても机に座らされ、鉛筆を持たされた。

医者になることに疑問を持つヒマもなかった。

ただ、小学校の三年から六年までの間にできた友達の影響で、探偵に興味を持った。どんな難事件でも解決し、気ままに人の間を駆け抜ける探偵に、自分には叶わない自由を見たのかもしれない。

ミステリ小説やマンガを教えてくれたその友達は、朝斗のかけがえのない親友だった。彼は朝斗が夢見た探偵そのものだった。

頭がよくて足が速くてドッヂボールも最前列でボールを受け止め、先生には生意気な口答えをして叱られ、越えてはいけない柵を越え、走ってはいけない廊下を走った。自由闊達《かったつ》。

偶然知ったその言葉はまさしく彼を表しているようで、朝斗はその熟語をノートいっぱいに書いた。

やがて中学生になったとき、朝斗は彼と別れた。彼は近所の公立の中学へ進み、朝斗は電車に乗っていく私立の中学を選んだからだ。それ以来会っていない。

そうして高校、大学へと進み、順調に医者への道を歩いていった。

インターンとしての忙しい日々も乗り越え、ようやく一人前の医者となって一年、その事件は起きた。

執刀ミス……。

脳神経膠腫《のうしんけいこうしゅ》のグレードは1、手術で取り除ける良性の腫瘍で、難しくはない手術だった。だが、メスが触れてはいけない箇所に触れ、出血。患者の命は助かったが、麻酔が切れても目覚めることはなかった。

朝斗はそのことが判明したとき、患者のことより両親の顔色を窺った。両親は自分に絶望し、怒り悲しんでいるのではないか――。

だが、違った。二人はそんな感情は表に出さなかった。

「大丈夫だ、なんとでもごまかせる」

院長である父は冷静な声で言った。

「医療ミスなんて、この病院では起こってはいけないのよ」

母は微笑みさえ浮かべていた。

「任せておきなさい」

そんな二人の顔は作り物のようだった。人間ではない、人間の顔をかぶったエイリアンだ。

朝斗は恐怖を覚え、院長室を飛び出し、気がつけば白衣のまま街を彷徨《さまよ》っていた。もう戻れなかった。戻りたくなかった。自分に他人の命を預る資格などないのだ。

そして二ヶ月たった一二月の二五日。

朝斗は公園のベンチに座っていた。風邪をひいたのか倦怠感がひどくて動く気にもなれなかった。ここ数日なにも食べていなかったが、腹は減らず、食欲もなかった。

ホームレスになったとき、持っていたものは全て処分したが、クレジットカードを一枚だけ残していた。だからそれで金を借りたり、食料を買うことも病院にかかることもできたが、そうしたくはなかった。

夜になってどんどん冷え込み、ふと目を開けると白いものが舞っていた。

最初は雪だと思わなかった。羽毛が舞っているのだと思った。

きっと自分はもう死んでいて、天使の羽が降ってきているのだと。

そのとき、小さく細い声を聞いた。動くのも面倒だったが、その声にはどこか心をせかされる気がして、朝斗はのろのろとベンチから下りた。

声は公園の植え込みから聞こえた。

細かな丸い葉をつけた繁みの下に、真っ黒な子猫がいた。

子猫の目は目ヤニで潰れ、口の中は血だらけだった。カラスにでも喰われたのか、舌先がなかった。後ろ脚も半分ちぎれかけていた。

朝斗は子猫を手の中に入れた。両手の中にすっぽり入る小ささだった。

その子猫を抱いて、ベンチに戻った。

子猫は助からないだろう。自分もこのまま死ぬだろう。人もおらず、雪は美しく、今日は死ぬにはいい日だと思った。

「一人じゃないから……さびしくないよな」

朝斗は手の中の子猫に、はあっと息を吹きかけた。

子猫はもぞもぞと身動《みじろ》ぎして、朝斗の指の方に顔を押し付けた。小指にふれると舌のない口を開いてそれを吸った。

子猫は生きようとしていた。

猫だから、動物だから、自分の状態がわからないから、死にそうなことを知らないから。

違う。

――生きているからだ。

生きているから生きようとしているのだ。生きている限り、諦めないのだ。

朝斗の胸が熱くなる。目に涙が盛り上がった。

自分も……生きたい……だけど。

自分は生きている価値がない。人を一生目覚めない体にし、命の現場から逃げ出した自分が生き続けていいのか。他人の敷いたレールの上をただ走ってきた自分は、そもそも生きていたのだろうか。

生きたい。生きていたくない。

相反する思いに朝斗は泣いた。どうすればいいのかわからなかった。

誰か、助けて。

この子猫を。俺を。助けて。

助けて。

ふと、手の中の重みが消えた。そのかわり掌の上に、小さな子供の手があった。

視線をあげると、そこにかつての親友がいた。あの頃の幼い姿のままで――。

＊

黒い獣の爪が振り下ろされる。俺は目を閉じた。死にたくない。今、死んじゃいけない。俺が死んだら朝斗はどうなる。

そう思った瞬間、俺は大きく斜めに跳び上がっていた。目の前に街灯のライトがある。それを蹴ってさらに上に、立っている木の枝を足掛かりにして、公園の向かいのホテルのバルコニーまで跳んでいた。

「え？」

自分がなにをしたのかよくわからない。どうなっているんだ？

「ヨル！　そのまま逃げろッ！」

朝斗が下で叫んでいた。スリングショットを何発も獣に撃ち込んでいる。獣は苛立った声をあげて、今度は朝斗に向かっていった。

「だめだ！　朝斗、逃げろ！」

俺が叫んだ時、マントの少女がふわりと朝斗の前に飛び降りた。

そう、飛び降りた。

つまり朝斗の後ろからジャンプして、朝斗を飛び越えて前に立ったのだ。翻ったマントの下はたっぷりとしたフリルとレースとリボンで飾られたスカート、いわゆるゴスロリ衣装だった。

少女はマントのすそをはらって両手を前に出した。フリルに包まれた手の中に小さな木の札が見えた。

獣は少女に突進し、飛びかかった。少女の体が爪で薙《な》ぎ払われる――！

けれど。

少女の差し出した木の札の前に文字に似た光が現れたかと思うと、獣の体がその中に吸い込まれてしまった。頭からすっと消えて、胴が、足が、平たい尻尾が順番に消えてゆく。

あとには呆然と突っ立っている朝斗と女の子だけが残っていた。

少女は持っていた木の札を、マントの下に下げていた薔薇の形のポシェットにいれた。そしてもう一枚取り出す。見ているとその札を俺の方に向けてきた。

「お、おい、待てよ！」

俺はバルコニーの上から叫んだ。

「それ、絶対やばいヤツだろ！　こっちに向けんな……！」

声を張るとくらっと眩暈《めまい》がした。そういや背中を切られているんだった。

バルコニーから体が離れる。地面が目の前に迫ったが、俺は頭と背を丸めてくるりと回ると無事着地した。さっきから自分の体の動きが怖い。なんだこの万能感。

「ヨル！　大丈夫か」

朝斗が駆け寄り、俺の体を支える。俺は朝斗の腕の中で顔を見上げた。

珍しい。ひどく焦った顔をしている。無表情よりその方がいい。ずっといい。

「背中をやられたな。血が出てる」

「大丈夫だ、しばらくじっとしてりゃ治る」

切られた箇所はじんじん痛んだが、俺は笑顔を作ってみせた。

「そういうわけにいくか」

朝斗の肩越しにマントの少女の姿が見えた。彼女も朝斗に負けず劣らずの無表情だ。

「おまえたち……なんだ？」

少女はわずかに眉をひそめて言う。

「一人は人間。だけどもう一人は違う」

「なにを言ってるんだ、あんた」

少女はマントのすそをばさりと回した。

「ついてこい。それの手当てをする」

俺と朝斗は顔を見合わせた。だが、朝斗の逡巡は短かった。俺を抱き上げ、少女のあとを追う。

「あ、朝斗。あんなやばいやつと関わるな、危険だ」

俺は朝斗の腕の中で体をよじった。朝斗はそうさせまいと腕に力をこめる。

「おまえの怪我のほうが危険だ、大人しくしろ」

俺は観念して朝斗の胸に頭をもたせた。

マントの少女はヒールなのに足が速い。朝斗はほとんど走って追った。

道路を渡り角を曲がり路地に入ってまた角を曲がって。

ビルとビルの間をすり抜けると、木に囲まれた小さな神社があった。赤い鳥居をくぐるとこの季節に茅《ち》の輪が置かれている。確かこいつは夏の大祓《おおはらえ》、夏越《なごし》の祓という儀式で使うものだ。

三軒茶屋はよく知った街のはずだった。だけどこんなところ来たことがない。

マントの少女は茅の輪を避けて通り、本殿の前に立った。

朝斗がようやく追いつく。息を切らして倒れそうになってんのに、朝斗には一顧だにもせず、少女は本殿に向かって呼びかけた。

「主《ぬし》さま」

キイ、と軋《きし》む音がして、本殿の扉が開いた。

三

出てきた人物を見て、神主かと思った。白い水干《すいかん》を身につけ、烏帽子《えぼし》をかぶっていたからだ。通常神主は男だが、この人は男か女かわからない。なぜなら顔を覆うように白い紙をつけていたので。

紙には二本の細い横線が引いてある。位置からして目のつもりなのだろう。紙の下からは細いおとがいと首が見えた。

きゃしゃでほっそりとした姿は女性にも思える。まっすぐな黒髪は肩の上ですっぱりと切りそろえてあった。

その人は素足で階段を下りてきた。体重を感じさせないようなふわふわした歩き方だ。

「よく戻りました、凪《なぎ》」

声は低かったが、やはり男か女かわからない。

「首尾は」

「はい、この通り」

凪と呼ばれた少女は、マントの下から木の板を取り出した。さっきは確かになにも描かれてなかったそこに、絵が描かれている。驚いたことに、それはさきほどの黒い獣だった。

「そのものたちは」

神主は俺たちの方へ顔を向けた。顔の上に紙があるのに見えるのか？

「この獣を捕らえようとしていました。一人は人間です」

「怪我をしているんだ、手当てをさせてくれ」

朝斗が抱き上げた俺を見えるように掲げる。神主の烏帽子がかすかに揺れた。

「わかりました。中へどうぞ」

神主は階段を戻り、本殿の中に入った。朝斗はあがろうとして靴を気にした。

「そのままでどうぞ」

神主は向こうを向いたまま答えた。背中に目でもついているのか。

朝斗は神主のあとを追って本殿に入った。朝斗の腕越しに少女を見ると、睨みつける目で俺たちを見送っていた。

「床に寝かせてください」

本殿の中は外から見るよりずいぶん広かった。

俺は冷たい木の床の上にうつぶせに寝かされた。神主は膝をついて背中の傷をのぞき込む。

「これなら大丈夫です。いま手当てしましょう」

立ちあがると祭壇の上の三角の形に整えられている木の枝を手にした。玉串と呼ばれる、神事に使う枝の束だ。

神主は同じ祭壇に置かれていた小皿に入った水を玉串につけ、それで俺の背中を、そっと撫でた。

「あ、……」

ふわりと全身が温かくなる。ズキズキと続いていた痛みがあっという間に消えた。

「治った」

俺が両手を使って体を起こすと、朝斗は長い息をついて、どさりと床の上に腰を落とした。

「よかった……」

他人が見ればあまり変わっていないというかもしれないが、三ヶ月も一緒にいればわずかな表情の違いもわかる。朝斗は心底安堵した顔をしていた。

「あなたは何者ですか？　なぜこれを連れて歩いているのです」

神主が言う。これだの連れて歩くだの失礼だぞ。俺が朝斗を連れているんだ。

「僕は――」

朝斗が口を開こうとしたが、それより先に俺が朝斗の前に立った。

「あんたには関係ない。助けてくれた礼は言うよ。それよりあんたこそ何者なんだ。あの獣はなんだ。あの女の子は、あの木の札の絵はあの獣だよな」

俺は立て続けに言った。言ってなきゃ朝斗がなにかいやなことを言いそうな気がしたのだ。

「ここは、はざまの神社……」

神主は静かに言った。

「はざま?」

「時のはざま、生と死のはざま、人と、人でないもののはざま」

「人でない、もの?」

「たとえばこれは毛猩《けじょう》です」

神主は手のひらの上にさっきの板を出した。黒い獣の絵が描かれている。改めて見るとそれは四角ではなく、上の部分が三角になった絵馬だった。

「狸の毛と猿の手足、蛇の体を持っています。この世界では異形のもの。妖怪、あるいは化け物、鬼、と忌み嫌われるもの。夜と昼のはざま、黄昏《たそがれ》に棲むもの」

「黄昏に……」

「外へ出ましょう」

神主は絵馬をたもとに隠すとすらりと立った。

先に立って扉を押し開けた先に、凪と呼ばれた少女が階段に座っているのが見えた。退屈そうな顔をしている。神主が階段を下りはじめると凪はさっと立って地面に降りた。

神主は茅の輪の前に立った。たもとから絵馬を取り出しその前に置く。

「目覚めなさい」

いつのまにか右手に持っていた白い紙の束のついているもの——大麻《おおぬさ》と呼ばれるもので、白い紙は紙垂《しで》というものだと後から聞いた——を軽く振る。シャラシャラと耳に心地よい音がした。

すると地面に置かれた絵馬がぼうっと光り、その光の中にあの獣が浮かび上がった。

「うわっ」

俺たちは思わずあとずさった。

「大丈夫ですよ」

神主の穏やかな声がした。

「いい子だ。わたしの声がわかりますか？」

神主は獣——毛猩に向かって言った。毛猩はぐるる、と低い声でうめいた。頭をさげて様子を窺うように神主を見る。

「あなたにとってはずいぶん久しぶり……わたしにとっては三日ぶりというところでしょうか。覚えていますか？」

毛猩はうろこのない魚のような顔をかしげた。

「以前、さまよっていたあなたを保護し、この茅の輪を通って過去へ送りました。あなたは二〇〇〇年、過去で生き、再びこの時代に戻ってきたのです」

な、なにを言っているのかわからないと思うが、安心しろ、俺にもわからない。横に立つ朝斗の顔をちらっと見たが、朝斗もぽかんとしていた。

「この時代はあなたたちには生きにくい。夜を恐れ、神や魔を畏れる昔なら、まだ生きることができる。あなたをもう一度過去へ送ります。そこでなら再び穏

……」

しかし毛猩は咆哮をあげた。それは苦痛に満ちた声だった。

「そうですか……もう、たくさんですか」

神主は沈んだ声で呟いた。

「それなら……寿命がくるまで眠りますか？　今まで眠っていたように絵馬の中で穏やかな夢を見ながら」

毛猩はうなずく。神主もうなずくと、手をあげて彼の頭に触れた。

「いい子、いい子……今まで辛かったですね。でももう安心してください」

神主は両手で大麻を持つと、それを左右に振った。薄く四角く切り折りされた紙の束が、シャラシャラと音をたてる。

「かけまくもかしこみかしこみまうす――」

祝詞《のりと》なのだろうか？　神主がそれを唱え、なにか短い言葉を告げると、再び絵馬が光り毛猩を包む。そして獣はその光の中にとけるように消えていった。

あとには、毛猩の絵のついた絵馬が残っているだけだ。

神主は寂しげなため息をついた。

凪が寄ってきて、地面に置かれている絵馬を拾い上げる。そして神社の横手に回った。

思わずついていくと、そこにはたくさんの絵馬がかけられている。絵馬に描かれた絵は、どれも見たこともない動物や植物、生き物、いや、生き物じゃなく岩や水や鍋などの絵もあった。

「まさかこれ全部――」

「そうです。はざまのものたちです」

俺の言葉に神主が答えた。

「わたしは今の時代に生きていくのがむずかしい彼らを、まだ生きやすかった過去に送っています。しかしこの時代まで生き残ったほとんどのものは、二度は過去へ戻りたがりません」

「それは……」

わかる気がする。過去に戻って寿命を全うしたものはいいだろう。しかし長く生きても再び生きづらい時代になってしまうのだ。

「絵馬の中では――」

朝斗がぽつりと呟いた。

「幸せなのか？　眠っていると」

「はい」

神主は細い指で絵馬にふれた。

「彼らは眠り、夢を見ています。自分が一番過ごしやすかった時代の夢。そしてこの絵馬の中で寿命を迎えます」

絵馬の中には絵のないものもあった。それが寿命を迎えたものだろうか？

「なんのために過去に戻す。眠って幸せになれるならそれだけでいいじゃないか」

朝斗がどこかムキになったような声音で言う。俺はなんだか不安になって朝斗の顔を見た。

「たしかにそうですね。過去に戻すのはわたしのわがままなのです」

神主は寂しそうに答えた。

「過去で彼らと人間が何度もよい関わりを持てば、いつかより彼らが生きやすい世界になるのではないかと願っているのです」

「それは――そんなことは……」

朝斗が言いよどむ。難しいと思っているのだろう。人は差別する生き物だ。

神主は細い目を描いた顔を朝斗に向けた。

「できないと思いますか？　あなたが？　この子と一緒にいるあなたが？」

「ヨルは……人だ」

朝斗は絞り出すように言った。

「ヨルは探偵で……僕の相棒で……友人で……」

「朝斗」

俺は朝斗の下げられた手に触れた。これ以上ここにいたくない。聞いてはいけないことを、知ってはいけないことを知りそうで……怖い。

神主は今度は俺に顔を向けた。線だけの目が俺を見る。

「そうやって暗示をかけ続けたのですね。そのままではいけません。いびつです。歪みは必ず他に無理を生み、やがて壊れてしまいますよ」

「もういい！　僕たちは帰る！」

朝斗は俺を抱き上げると走って鳥居をくぐり、外に出る。

俺は朝斗の肩越しに神社を見ていた。神主と少女は茅の輪の向こうから俺たちを見送っていた。

どこをどう歩いたのかわからないまま、俺たちは元の道に戻っていた。夢じゃないかと思ったが、ゴミステーションは荒らされている。これは現実だ。

朝斗は放り出されたゴミ袋を持ち上げ、ゴミ置き場に戻した。あの毛猩とかいう獣が食べた生ゴミも、全部袋に戻している。俺はそんな朝斗を見ていた。

「なあ……朝斗……」

俺は恐る恐る声をかけた。

「あいつらが言ってたこと……俺は、人間じゃないって……？」

「おまえは人だ」

朝斗は背中で返事をした。

「僕と話しているじゃないか。僕の言うこともわかるだろう？」

「わかるけど」

「三ヶ月一緒に暮らした僕がそうだと言ってるんだ。あいつらはおまえのことを知らないじゃないか」

「そうだけど」

俺は足元に転がってきた鶏肉の骨を足で蹴った。

「でも、俺……」

「おまえは！」

朝斗はゴミ袋を叩きつけ、俺の前に立ちはだかった。

「僕の言うことを聞いていればいい！　他の誰の言葉も気にするな！」

朝斗が怒っている。

ふだんなんの感情も見せない朝斗が、怒っている。

「わ、わかった」

初めて浴びた真正面からの怒気に、俺は怯えてうなずくことしかできなかった。

それからはいつも通りの日々となった。猫捜しの依頼が来て、猫を捜して、コーヒーを飲んで焼き鳥を食べて寝て起きて猫を捜して猫を捜して猫を捜して……。

あれから何日たっただろう？

ゴミ置き場はもう荒らされることはなかった。

ときどき、あの神社を探してみるけど、どうしても行きつくことはできない。

朝斗はあの日からずっと口数が少なくなってしまった。もともとそんなにしゃべる方じゃなかったから、今では人の形をした壁のようだった。

壁にむかって毎日話しかける俺の身にもなってくれ。

ある日、俺が外から帰ってくると、朝斗が怖い顔をして待っていた。

「どこへ行ってた」

「どこだっていいだろ」

部屋に入った俺の前を朝斗が塞ぐ。

「あの神社を捜しているんだろう」

「……」

その通り、俺はまだあの神社を見つけることをあきらめていなかった。俺は俺のことが知りたいのだ。

「そんなことをしてどうするつもりだ」

「朝斗、俺はね」

朝斗の横をすり抜け、俺はブラインドが閉められた窓に寄った。

「人じゃないなんて言われてそのままにしておきたくないんだよ」

「おまえは人だって言っているだろう?」

朝斗は俺の前にしゃがむと手をとった。

「ほら、人間の手だ。僕と同じだ。なにを疑問に思うことがある」

朝斗の手に握られた俺の手はたしかに人の手だ。

「だけど……なんか不安なんだ。俺は朝、目覚めると、体が崩れていきそうな気がしてじっと自分の体を抱いているんだ。朝斗は知らないだろう?」

　俺は朝斗の手から自分の手を引きぬいた。

「考えることがあるんだ。どうして俺は俺の親のことを覚えてないんだろう。俺はどうやって育ったんだろう。俺は朝斗と会う前、なにをしてたんだろうって」

　そしてなぜ今までそれを考えなかったのだろうと。

「ヨル……」

「その名前も……朝斗が会ったときにそう呼んでくれたから俺の名前だと思っていた。朝斗が俺の名前をつけたの?」

　朝斗は弱弱しい表情で首を振った。

「ヨル……今までそんなこと言わなかったじゃないか」

「そうだよ、今まではなんの疑問にも思わなかった。俺は朝斗といる毎日だけを考えていた。だけど考えればいろいろと不思議なんだ。俺はそれが気持ち悪くて辛くて不安で」

　メリメリとバキバキと、肉や骨が軋む音がした。硬い黒い毛が生えて俺がどんどん大きくなる。この部屋いっぱいに、俺の不安そのままに、俺の体が膨れ上がった。

　頭が天井についても大きくなるのを止められない。ギギギ、と天井が歪み始めた。

「苦しいんだ!」

俺は吠えた。咆哮が窓をビリビリと揺する。床にふんばっている足の爪が勝手に伸びて、フローリングに食い込んでゆく。亀裂が入り、軋む音が響いた。

「苦しいんだ、朝斗」

俺は朝斗を見下ろしていた。朝斗は俺の頭の半分もない。きっと俺が口を開けたら朝斗を呑み込める。俺は俺がどんな姿に変わってしまったのかわからない。けれどこの姿がきっと俺の本当の姿なんだ。

俺は、人じゃない。

朝斗はこんなになってしまった俺に、しかし恐怖の色は見せなかった。

「ヨル！」

朝斗が両腕で俺を抱きしめた。だけど俺の方が大きすぎて朝斗の腕では回りきらない。

「もう考えるな！　おまえに考えることを任せていて悪かった。これからは僕が考える。だから、おまえはなにも考えるな」

「朝斗……」

「頼む、ヨル……」

俺は朝斗の腕の中で体を動かした。朝斗の顔も体も俺の毛の中に埋まっている。

「わかった」

「ヨル……」

朝斗が短く息を吐く。

「その代わり、頼みがあるんだ」

「え？」

見上げた朝斗に、俺は自分の顔を寄せた。

「朝斗、笑って」

朝斗は驚いた顔をした。

「笑ってくれよ。俺、朝斗の笑顔見たことないんだ。笑ってくれたら朝斗の言うとおりにする。もうなにも考えない。神社も探さないよ」

「それ、は……」

ひどく難しいことを聞いた、というように朝斗は首を振る。

「朝斗はこないだ怒ったよね。感情がないわけじゃない。だったら笑えるよね」

「笑えったって……こんな状況で笑えるわけない……」

「うそでもいいんだ」

俺は朝斗の口の端を押さえ、ぎゅっと持ち上げた。俺の爪は太いけど繊細な動きもできた。

「うそでもいいから」

「……」

朝斗は俺の指から顔を逃がした。

「できない」

「……どうして」

朝斗は歯を食いしばり、切れ切れに言葉を吐き出した。

「僕は……笑っていい人間じゃないんだ。人の一生を駄目にしておいて、笑えるはずがない」

「朝斗」

「手術したのは中学生の女の子なんだ。玲《ほまれ》ちゃんって名前で、バレーボールやってて、手術の前に僕に写真をたくさん見せてくれた。好きな男の子もいると言ってた。髪を切ることになって泣いてた。ウイッグのカタログをたくさん取り寄せてた。手術が終わって退院したら北海道のおばあちゃんちに行くと嬉しそうだった。僕は」

朝斗は顔を覆って床の上に膝をついた。

「そんな子を一生目覚めることのない体にしてしまったんだ。そんな僕が、笑えるはずないじゃないか、あの子は——玲ちゃんは二度と笑えないのに！」

朝斗の中から感情が溢れ出していた。それは悲しい、辛い、苦しい、後悔と自責の念。

朝斗の過去になにがあったか、俺は知ってる。具体的に話を聞いたことはないけれど、俺の頭の中に、知識としてある。それに……。

朝斗は時折、夢にうなされている。

「ごめんなさい」

朝斗はそんな寝言を言う。手術ミスで目覚めなくなった少女に謝っているのだ。

「ごめんなさい、ごめんなさい、ごめんなさい……」

朝斗は自分の罪を裁かれなかった。謝ることができなかった。だから許されることはない。

直接患者の家族に責められた方がどんなにマシだろう。もちろん許されることはないけれど、毎晩朝斗を責めているのは朝斗自身なのだ。それはどんな罰なのだろうか。

俺は朝斗のうめき声を背中で聞く。耳をふさいでも聞こえてくる。

朝斗を助けたいけれど、俺にはなにもできない。ただ朝斗の曲がった背中に自分の背をくっつけて寝るだけだ。

朝斗の感情が見たいと思っていたけれど、それはこんなんじゃない。こんな辛いことばかりはいやだ。

俺は朝斗に笑ってほしかった。優しい気持ちになってほしかった。あのとき、俺に向けられた優しい感情……俺は嬉しかったんだ。

朝斗に自分を取り戻してほしい。

だって朝斗は。
朝斗は俺に優しくしてくれた、最初で最後の人間だったから。
死にかけの子猫を手の中で温めて、一緒に死んでくれようとしたから。
俺は。
そうだ、俺は　死にかけの
　　猫だった。

四

「思い出したんですね」

静かに声をかけられ、俺ははっと頭をあげ、周りを見回した。

俺たちがいるのは三茶の事務所じゃない。あの得体のしれない神社だった。俺の体もあんな巨大じゃない、いつも通りだ。

「なんで……ここ……。いつのまに」

「あなたたちはあのときから一歩も外へ出ていなかったんですよ」

白い紙で顔を覆った神主が言った。その背後の神社の階段にはマントの少女、凪が腰を下ろしている。

「俺は」

「あなたの器は確かに猫です。あなたとその人間には人に見えていた。でもほかの人間の目には、あなたは猫です」

「猫……」

俺は自分の手を見た。白い人間の手。だがうっすらとそれにかぶさってピンクの肉球をもった黒い猫の手も見える。

「そっか……」

ほかの人間たちが俺を無視する理由。それは俺が子供だからじゃなくて猫だからだ。まめやのマスターが俺の名前を呼んでくれるときも、猫に見えていたのだ。だからいつもミルクを。伊勢辰の女将さんも俺のために平皿を。

「あなたは自分が人間だと思いこんでいた。都合の悪いものを見聞きすることなく、人間のつもりでいた」

神社の両脇に篝火《かがりび》が立つ。燃え上がる炎は俺を照らし、地面に猫の影を落とした。

その影は長く黒い尻尾を持っている。俺の目の端にときおり見える黒く細長いもの。

それは俺の尻尾だ。俺は自分の体の一部だというのに、見ようとしなかったのだ。

「そっか……俺、猫だったのか……」

「なぜ、こんなことをする！」

　朝斗が叫んだ。

「いいじゃないか、人間だと思っていても。僕とヨルだけが人間だと思っているんだ、誰にも迷惑をかけていない！」

　朝斗は神主に掴みかかろうとした。その前にさっと凪が立ちはだかる。その目には敵意があった。神主を害するものは許さない、と。

「いびつなんですよ」

　凪の背後、神主が紙の下で言った。

「あなたはヨルくんを生み出した。けれど、生み出された本人にその自覚がなければいつか破綻がくる。どんな生まれ方をしても、自分が何者であるか知らなければ」

「朝斗が俺を……生んだ？」

「そうです」

　神主は白い面を俺の方に向けた。

「あなたの器は雪の夜に死んだ子猫。しかしその魂は、心は、知識は、その人間が与えたもの。死にたい心と生きたい心、相反する二つの心が、その人間自体の心を分けた。あなたは彼のもう一つの人格なのです」

「……人、格？」

この俺の気持ちが、心が朝斗の人格だって？

「彼は自分自身を助けるために別の人格を作り上げた。おそらく子供時代の友人をモデルに。人格の乖離《かいり》は往々にしてあることですが、その人格が猫を取り込み、新しい妖怪を生み出してしまうのはきわめて稀なことです」

「よ、妖怪？」

俺は自分の体を見下ろし、手を顔の前に持ち上げた。その手も今ははっきりと黒い猫の手に見える。

「ないことはないのですが……天地開闢《てんちかいびゃく》以来、わたしの知る限りでは、あなたで二体目くらいですね」

朝斗の人格。朝斗の生きたいという気持ち。昔の友人。頭の中がぐるぐると回る。猫だと言われ、妖怪だと言われ、俺はもうどうしていいか……いや、違う。

「そっか」

わかった。俺のすべきこと。

「そうだったんだ。だから駄目だったんだ」

「ヨル……」

朝斗が不安そうな顔で俺を見る。そんな朝斗に俺は笑いかけた。

「朝斗、わかったよ。あんたが笑えないわけ」

「ヨル？」

「俺があんたの笑顔を持ってきちゃったんだな。あんたの心の半分は俺にあるんだろ？　だからあんたは笑えないんだ」

「違う、ヨル。おまえはおまえだ。人格なんかじゃない」

「なあ、あんた」

俺は神主に向かって言った。俺はもうすっかり猫の体だったが、二本足で立つことはできた。妖怪だからかもしれない。

「俺が朝斗に人格を返したら……朝斗は普通の人のようになれるのか？」

俺の言葉に神主は烏帽子を傾けた。

「どういうことです？」

「だから」

俺は察しの悪い神主にいらついた。

「俺が死ねば、朝斗はもとに戻るんだろ？」

「死ぬ？」

神主の顔の紙がわずかに揺れる。

「ヨル！　なにを言ってるんだ！」

朝斗は顔色を変えた。さすが、俺の人格の半分。俺の考えていることがよくわかるらしい。

「どうせ俺は朝斗に命をもらったんだ。だったら返したい。俺は」

ずっとずっとそれを望んでいた。

「朝斗に笑ってほしいから」

「やめてくれ！」

朝斗は俺に飛びつき、毛皮に覆われた俺の体を抱きしめた。

「僕はそんなこと望んでいない。ヨルはヨルだ。ヨルがいたから、生きてこられた。あの雪の日に死なずにすんだ。生きていこうと思った。探偵になるっていう夢を叶えた。僕の人格なんか全部ヨルにやる！　死ぬなんて言うな！」

耳元で叫ばれるから頭がガンガンする。俺は負けじと大声で怒鳴り返した。

「俺は朝斗の笑顔を奪ったままで生きていたくない、朝斗に幸せになってもらいたいんだ。俺は幸せだった、あんたの手の中で！　死んでいくときも幸せだったんだ！」

「勝手なことを言うな！」

「だって！　だって……！」

俺たちは抱き合って泣いた。朝斗の温かい涙が俺の毛皮にしみこんでゆく。俺の涙も朝斗の胸に落ちただろうか……。

「なにか勘違いをしているようですね」

やや疲れたような神主の声が降ってきた。

「わたしはいびつさを正したかっただけです。別にヨルくんの命を奪おうとは思っていません」

「え……」

俺と朝斗は涙でぐっしょり濡れた顔をあげた。

「絵馬にしたり……過去にやったりするんじゃないのか？」

「ヨルくんは現代《いま》が生きづらいですか？」

神主の言葉に俺は勢いよく首を横に振る。逆に江戸時代に送られてもフライドチキンもなければミルクもないなんて我慢できない。

「過去に送るのは今が生きづらい妖怪だけ。ヨルくんのように現代《げんだい》に生まれたものならこの時代にこのままいればいいんです」

神主の言葉にはわずかにおかしそうな色がまじっている。

「だ、だけど！」

俺は朝斗の顔に両手を押し当てた。

「俺が朝斗の人格を半分奪ってるんだろ、やっぱり俺が死ななきゃ朝斗の感情は……」

「感情がない顔ですか？　その顔が」

俺は肉球の下の朝斗の顔を改めて見た。朝斗は涙を流して俺を見ている。涙だけじゃない、洟《はな》まで垂らして呆然として、みっともないったらない。

「乖離したとはいえ、元々の人格はその人の中にあるのです。あなたと暮らした日々で、その人は少しずつ癒されていった……今はただ、感情の出し方を忘れているだけです。時がたてば自然に戻っていくでしょう」

「え……」

俺も朝斗も目を何度も瞬《しばた》かせた。涙が伝う頬だけが、風で冷えてゆく。洟のせいで口の周りもパリパリだ。

「その人の抱える深い後悔、苦しみは、その人が癒すしかないのです。決して感情がないわけではありません」

「じゃ、じゃあ」

俺の顔がぼっと熱くなる。

「な、なんだよ、だったら今の……っ、えっ？　完全に醜態じゃないかよ、なんだよ、恥ずかしいなあもう！」

顔を押さえて転げ回る。自分の流した涙がもったいない。

「――はは、」

小さな声が聞こえた。俺ははっと顔をあげた。

「はは……よかった……」

朝斗が。

笑ってる。

安堵して笑ってる。

俺は朝斗の顔をまじまじと見た。

朝斗の笑顔だ！

「朝斗！」

俺は朝斗に飛びついた。朝斗も俺を抱きしめる。

ごろごろごろと自然にのどがなった。きっと今までも鳴っていたことがあるだろうけど、俺は聞いていなかった。

朝斗の顔を舐めてやる。涙で塩辛いけれど、猫だとわかった今はもう遠慮しない。ざらざらの舌で舐めあげる。朝斗はやめろと言いながら、だけど笑いながら舐めさせてくれた。

「瞽猫《せきびょう》――」

神主が静かに言った。

「セキ……？」

「聻とは鬼が死んだ後になるものです。あなたは猫又でも、それより上位の猫魈《ねこしょう》でもない。化猫に近いのですが、人の心を持っている。死んだ猫が人の心を取り込んで成った妖怪、以前のそれをわたしは聻猫と呼びました。だからあなたも聻猫という妖怪です」

「聻猫……」

「ヨルだ」

朝斗は俺を抱いて立ち上がった。

「おまえはヨルだよ」

「……うん」

朝斗は神主に頭をさげた。

「確かに僕たちはいびつだった。ヨルを不安にさせ、苦しめた。それがあんな姿になったんだな」

朝斗が言っていたのは幻覚の中で見た巨大な俺の姿。

「生き物はその本分を知らなければなりません。でないと自分の正しい生き方ができない」

「そうだな……」

「あなたも本分を全うしなければなりません。あなたの苦しみに向き合うことです」

朝斗はうつむいた。朝斗の苦しみは眠らせてしまった少女だ。逃げ出してしまった病院だ。

「だけど、僕が病院へ戻って謝罪しても、あの子は治らない……起きることはない」

カラカラカラ……。

急に乾いた木がいくつも重なって鳴る音がした。音の方を振り向くと、凪が指先で絵馬をいじっていた。

「どんな病も治すことができる妖怪っていませんでしたか、主さま」

凪は絵馬の方を見つめて言った。

「傷ついた部分を修復して傷跡一つ残さない妖怪がいませんでしたか」

「そういえば……」

神主は首をかしげて呟いた。

「いたかもしれませんね」

「……え?」

俺と朝斗は同時に立ち上がった。

「本当にそんな妖怪が?」

「どこにいるんだ⁉」

凪と神主の顔を交互に見て、俺たちは叫んだ。

「どこにいるかはわかりません。けれど妖怪を探していればいつかそれに辿りつくことができるかもしれませんね」

神主が明るい声で言った。その声は俺たちにとって希望の歌のように聞こえた。

「さ、探してくれ！」

朝斗が叫ぶ。膝をついて土下座する勢いだ。

「頼む！　その妖怪を探してくれ！」

凪はなにも描かれていない絵馬を手に取り、朝斗の方へ歩いてきた。

「おまえたち、探偵だろう？　探すのが仕事なんだからおまえたちが探せ」

横柄な態度で言うと、凪は朝斗の顔の前に白紙の絵馬をぶら下げる。

「凪一人じゃこの街の妖怪を探すのだって大変なんだ。主さまは人手を増やすと二〇年前から言ってるけどいまだに約束を果たしてくれない」

「そ、それは――その、いろいろむずかしくて」

神主がうろたえた声をあげた。超然としているように見えたのに凪には弱いのか。

「主さま。もうこいつらでいい。人間と妖怪、二人一セット。妖怪探しを手伝わせましょう」

「ちょ、ちょっと待てよ」

俺はあわてて手をあげた。

「俺たちは猫捜しが専門だ。妖怪なんてどうやって探せばいいんだよ」

「同族はわかる。意識を持てば自然と」

「だけど俺たちは仕事だってしなきゃいけないし」

「——お金を払います」

きっぱりとした神主の声が宣言する。

「妖怪一体につき五〇万」

「やります」

即答したのは朝斗だ。

「ノウハウは教えてくれるんでしょう？」

「ええ、凪がいろいろと」

「……」

凪はなにか言いたそうな顔で神主を睨んだが、神主はさっとあらぬ方向を向いた。

「こちらからも情報を提供します。最初のうちはそれに従って妖怪のいる場所へ出向いてください。そして説得してここに連れてきてください」

「説得って、絵馬に封じ込めればいいんじゃないのか？」

俺は凪からもらった白木の絵馬を裏表ひっくり返しながら言った。

「絵馬に入ると中が居心地よくて過去へ行きたがらなくなるものが多いのです。私としてはできるだけ自分から過去へ向かってほしいのです。わたしの目的は妖怪と人の交流ですから」

そういえばそんなことを言っていた。

「なんでそんなことにこだわるんだ？」

神主は手をあげて顔の紙に触れる。

「今はまだ……」

なにかプライベートなことか、と俺は納得した。猫捜しの時でも、猫のことはたくさん話しても、自分のことは口ごもる人間が多い。

神主が人かそうじゃないかはわからないけど、どんな生き物にも知られたくないことはあるだろう。

「あの、もうひとつ」

朝斗が遠慮がちな小さな声で手をあげる。

「なんですか？」

「ヨルは……もう人の姿にはなれないんでしょうか？」

そういえば俺はずっと猫の姿だ。俺はピンクの肉球がある黒い手を見つめた。

「他の人には猫に見えててもいいんです。でも、僕は……前のヨルとも話がしたい」

そうだな、俺も朝斗と話をするときは人間の姿の方がいい。

「大丈夫ですよ」

神主は着物の袖を伸ばした。ふわっと俺の額の毛に風があたった、と思ったら、俺は人の、元の真夜の姿になっていた。

「お？」

手も足も人間だ。お尻を見ても尻尾はない。頭に触れても耳もない。

「ああ……」

朝斗が口元に笑みを見せる。俺は嬉しくなってその場でくるくると回った。

「朝斗、戻ったよ！」

「うん……うん……」

また洟をすすりあげる朝斗の頭を俺はぽんぽんと撫でる。

「今のヨルくんは自分のこともわかっていて妖力も充実しています。なので実体のある人の姿もとれます。ヨルくんが人の姿で行動したいならそれも可能です」

神主が嬉しいことを言ってくれた。

「マジで？　じゃあ俺、焼き鳥を串で食べたり、コーヒー飲んだりできるのか？」

「コーヒーはやめろ」

「コーヒーはやめておきなさい」

朝斗と神主は二人同時に言った。

終

　そんなわけで俺と朝斗はまだ猫探偵を続けている。あと、はざまの神社専門の妖怪探偵も。

　全ての病気を治す妖怪、全ての怪我を治す妖怪、ほんとにそんなやつがいるかはわからないけど、世の中は俺たちの知らないことがずいぶん多い。だから希望を持って探している。

　病院へ行かない朝斗を、勇気がないというのは簡単だ。でも朝斗はあの子を助けたいのだ。自分の罪滅ぼしのためじゃなく、あの子を目覚めさせてバレーの試合に出させて男の子とデートさせて北海道のおばあちゃんのところへ行かせたいのだ。

「ヨル、まめやに行くか？」

「うん」

　俺は人の姿になる。それでもまめやで飲むのはミルクだ。猫にはコーヒーは禁物だから。

「最近、猫のヨルちゃんは来ませんねえ」

　マスターが寂しそうなので今度は猫の姿で来よう。

伊勢辰にも人の姿で行く。最初子連れの朝斗に女将は目を丸くしていたが、「親戚の子を預かっている」という嘘に安心して俺に笑顔を向けてくれた。今でも串は苦手だが、最近はささみを一本で注文することも覚えた。

凪は時折事務所へやってくる。凪が来ると猫の捜索は一時中断となる。捕獲器に働いてもらうしかない。でも俺が猫の姿で外を駆けまわれば猫同士の情報が入ってくるのでぐっとやりやすくはなった。

「探偵。妖怪の場所がわかった。行ってくれ」

凪は白木の絵馬を寄越す。俺と朝斗はそれを持って妖怪の棲む場所へ向かう。

探しものは猫ですか？　妖怪ですか？

俺たちは今日も黄昏の東京を走り抜ける――。

第二話　探偵はお子様が苦手

序

「探偵！　仕事だ」

インターフォンを鳴らしもせずに、凪が黒いマントを翻して部屋に入ってきた。

俺と朝斗は互いに顔を見合わせ、「鍵は？」「朝斗がかけたんじゃないの」「いや、ヨルだろ」「知らねえよ」と目で語り合う。

「妖怪がいるという情報が入った。探せ」

凪はゴツゴツと太いヒールを鳴らす。相変わらずマントの下はかさのあるフリルでいっぱいだ。

正面のデスクに座ってパソコンを叩いていた朝斗は、目の前で仁王立ちしている美少女を見上げた。

「今、ちょっと忙しい……」

「昼過ぎに事務所にいてなにが忙しいんだ。働き者は朝から出かけているぞ」

凪の言うとおりだ。今は猫捜しの依頼も珍しくストップしてて暇だ。

「いや、書類整理とか、掃除とか、たまっていた録画を観たりとか……」

朝斗が弱弱しい声をあげると、凪はマントの下からむきみの札束を取り出し、事務所のデスクの上に叩きつける。現ナマの迫力はすごい。

「わかった、やります、やりますよ」

朝斗は悲鳴のような声を上げ、ノートパソコンを閉じる。それから札束に手を出そうとして、凪にその甲をぴしゃりと叩かれた。

「これは妖怪を見つけて連れ帰ってからだ」

「そんな。準備するにもお金がいるんです」

「なんの準備だ。行って、連れて、帰ってくるだけの仕事だ」

「交通費とか……」

「山手線に乗るのに五〇万はかからない」

なんだかコントを見ているようだ。俺は朝斗の困り果てた表情を見るのが楽しくてにやにやしていた。

はざまの神社の依頼を受けて妖怪に関わるようになってから、朝斗は表情豊かになった。まだバカ笑いはしないけど、朝起きたときとか、コーヒーを飲んでるときとか、少し笑ってくれる。

神主が言ったように、感情の出し方を少しずつ思い出しているようだった。

「なにを馬鹿面《づら》さらしている」

凪がソファに寝そべっている猫の姿の俺を鋭い目で睨みつけた。顔は博多人形のようにかわいらしいのに、こいつも感情を忘れているのかニコリともしない。

そもそも凪も人間ではない。俺の直感がそう言っている。まあ直感うんぬんより、妖怪集めをしている時点でただものではないのだが。

問題はこいつがなんの妖怪かわからないことだ。

「じろじろ見るな」

凪は不愉快そうに言った。

「おまえの正体はなんなんだよ」

俺は人の姿になって凪に言った。

「知ってどうする」

「どうもしないけど、一緒に仕事をするんだから、……仲間のことは知っておきたいと思って」

「仲間」

凪はふんと鼻先で笑った。

「おまえみたいな半端な妖怪と一緒にするな」

「半端だとう！」

凪に掴みかかろうとしたのに、一瞬早く朝斗が俺たちの間に割って入った。

「まあ、待て。仲間じゃなくても一緒に仕事をする間柄なんだ。仲良くやろう」

「こいつにその気がないのにどうやって⁉」

俺は頭に置かれた朝斗の手を払いのけた。朝斗は手をぶらぶらさせると、

「凪さんが僕たちを雇うように言ってくれたんだ。僕たちは凪さんの手伝いなんだよ」

「その通りだ。おまえたちは凪の言うことを聞いて妖怪を捕まえてくればいい」

この野郎、と俺は凪を睨んだ。凪はぷいと顔をそむけ、腕を組む。

「凪さん、コーヒーはいかが？　飲めるかな？」

朝斗がご機嫌をとるような猫撫で声を出す。凪がうなずいたので、そそくさとキッチンに消えた。

「神主の出す金ってどこから出てるんだ？　あそこ、普通の人間が参拝するような神社じゃないだろ」

俺は机の上の現金を見て言った。

「まさかおまえが狸か狐で、これは全部木の葉っぱとかじゃないよな」

「主さまを馬鹿にするのか」

「そうじゃないけど、気になるじゃないか」

凪は机の上の金を指先でパラパラとめくった。

「ちゃんと日本銀行発行のものだ。出所については凪も知らない」

「凪はそういうの気にならないのか」

「ならん。主さまが出してくれる。それで十分だ」

この凪の絶対的信頼、ほとんど忠誠心はどこからきているのかな。

キッチンからコーヒーの香りが漂ってきた。

「いい匂いだ」

「だろ？　朝斗はコーヒーを淹れるのだけはうまいんだ」

俺はミルクだけどね。

来客用のコーヒーカップにコーヒーを淹れ、朝斗が戻ってくる。

「熱いから気をつけてね」

「……」

凪は自分の目の前に置かれたカップをじっと見つめる。朝斗はミルクや砂糖も用意しておいた。

「……これはどうやって飲むのだ」

指先でミルクの入ったピッチャーやシュガースティックをつつきながら凪が聞いた。

「え？　飲んだことないの？」

飲めるかって聞いたのに、まさかのコーヒー知らず？

「そうか。だったら最初は甘くしてみよう」

朝斗はシュガースティックから砂糖をいれ、スプーンでかきまぜた。渦が消える前にミルクを注ぐ。

凪の目がほんの少し見開かれた。

「これで飲んでみて。苦かったら砂糖を足すよ」

凪は両手でカップをもつと、ピンクの唇をつけた。思わず心配で見てしまったが、無事に一口飲んだ。

「どう？」

朝斗がどこか不安そうに聞く。

「……お茶と違うな」

凪は呟き、もう一口飲んだ。カップを離して膝の上に置く。

「苦くて甘くて……不思議な味だ」

「気に入ったらまた淹れてあげるよ」

朝斗がそう言うと、凪はまた飲み始める。ほんと、こいつ黙っていればかわいいのになあ。

一

　三軒茶屋から田園都市線で渋谷に。そこから山手線乗り換えで池袋。さらに東上線に乗って、急行の止まらない駅で降りる。この町に妖怪がいるらしい。俺は電車代を節約するため、猫の姿で朝斗のリュックに入っていた。

「場所がわかっているなら俺たちが探す必要ないだろ」

　出る前に凪にそう言うと、

「こちらも情報を得ただけで見つけられなかった」と応える。

「情報ってだれに？」

「長い間妖怪探しをやっているとそれなりにネットワークができる。その筋からだ」

　妖怪に関するネットワークね。ろくなもんじゃないだろう。

　駅を出ると俺はリュックから降りて人の姿になった。今はもう実体も持てる。俺は顔を上に向けて、町の空気を吸った。

　目線をあげると遠くにたくさんのビルの群れが見える以外は、のどかな田舎のようだ。神主は俺には自然にわかると言っていたが、さすがになにか手がかりがないと、むずかしいんじゃないだろうか？

猫を捜すときはまずチラシをまいて、周辺の聞き込みや協力をお願いするのだが、妖怪に同じ術《て》は使えないだろうな。

「どうする？　朝斗。どこから始める？」

「どんな妖怪かもわからないからなあ。獣系なのかどうかすら不明だ」

朝斗のリュックの中には「妖怪大百科」なる本がある。鳥山石燕《とりやませきえん》から河鍋暁斎《かわなべきょうさい》、水木しげるまで、古今の妖怪の絵を集めたものだ。だけど、かなりレアな俺はともかく、こないだの毛猩だって載っていなかったんだから、あまり役に立つとは思えない。

「おまえ、妖怪アンテナとか立たないのか？」

「それ、キタロウッだろ。著作権侵害だ」

俺は目玉おやじの口真似をして言った。俺の知識は朝斗から貰っている筈なので、つまり朝斗はそのアニメを見ていたということになる。結構たくさん記憶があるからきっと好きだったのだろう。

「とりあえずこの辺りをぶらついてみよう」

駅前から少し歩けば商店街だ。きれいに舗装された道の両側に、個人商店が軒を連ねている。プラスチックの桜の造花が電柱に咲き、寒々しい青空を彩っていた。

全体的に古びた印象だが、お店はまだまだ元気に営業中だ。

俺は軽く跳ねながら、明るい歩道を進む。後ろから、デニムのポケットに手をつっこんだ朝斗がゆっくりとついてくる。

「あ、いい匂い」

俺は鼻先を上に向け、くん、と嗅いだ。揚げ物の匂いだ。商店街の中ほどに精肉店がある。軒先に「名物コロッケ」と手書きの紙が下がっていた。ずいぶん長い間取り替えていないのか、文字も薄く掠れている。

「朝斗、コロッケだって！」

「へえ」

俺と朝斗は精肉店の前に立った。ガラスケースの中に牛豚鶏いろいろな肉が並び、上の小さなショーケースの中にコロッケやメンチカツが入っている。

「牛肉たっぷりコロッケ……肉じゃがコロッケ……ただのコロッケ……」

朝斗がメニューを読み上げる。いや、ここはシンプルに。

「ただのコロッケ二つください」

「はいよー、今揚げてるからね」

丸顔のおばちゃんが元気よく答える。

「持っていくかい？　食べていくかい？」

「食べていきます」

おばちゃんは揚がったコロッケを手早く小さな紙袋に放り込む。二個で一〇〇円。

うん、いい買い物じゃないか。

「あちあちあち」

揚げたてのほくほくしたコロッケに俺たちは店の前でかぶりつく。

「お、うまい」

「イケるイケる」

春のまだ浅い季節には温かなコロッケが腹に染みる。

「すみません……」

小さな声がした。見ると犬を連れた小学生男子が俺たちの後ろに立っている。俺よりも幼い、三年生か四年生か。少年は柴犬に似た黒い犬を連れていた。

「ああ、すまない」

俺たちがいたので買い物ができなかったようだ。朝斗はあわてて店の前を空けた。

「コロッケ二つください」

「おかえり、シュウちゃん」

おばちゃんは気軽に小学生に声をかけた。

「ただいま」

シュウちゃん、と呼ばれた小学生は元気よく答えた。左手に持っているリードは、よく見るとただのビニール紐だ。それをやはりビニールで作った首輪に結んでいる。

いくらなんでも雑じゃないのか……、あ？

俺は犬の顔を見た。犬は灰色の目をしている。和犬ぽいのに珍しい。その目でこっちを見つめていた。

シュウちゃんは紙袋にコロッケを入れてもらうと、それを大事そうに両手で抱えた。嬉しそうな顔をしている。

「行くよ、タロ」

「あ、ちょっと……」

俺はその子に声をかけた。子供は立ち止まって俺を見たが、すぐに足元に目線を落とした。

「その犬……その犬ってさ、なんて犬？」

「タロ」

「いや、名前じゃなくてさ、犬種……」

「知らない」

シュウくんは紐を自分の方へ寄せて、犬の頭を撫でた。

「それ、……君の犬？」

俺がそう訊くと、彼は俺の目を強く見返してきた。

「そうだよ、僕のだよ」

犬が「ウウ」と唸って歯を剝きだした。頭を低くし、前脚で地面を強く押し付ける。

「タロ、だめ」

シュウくんがそう言って紐を軽く引くと、タロは唸るのを止めた。ぷいと顔をそむけ、尻尾を下げる。

「よく……懐いているね」

「僕の犬だもん」

シュウくんは少し得意げに言って頬を緩めた。そのまま背を向けて歩いていく。犬はぴたりと少年の横についていた。

「どうしたんだ？　ヨル」

朝斗がコロッケの入っていた紙袋を手の中で丸めながら訊いてきた。

「……神主が言ってたこと当たってる」

「え？」

「俺、わかっちゃった。あいつ、妖怪だ」

「え？　あの子が？」

俺は首を振った。

「あの子じゃない。犬だ。あの黒い犬。そんであいつも俺が人間じゃないこと、わかったみたいだ」

俺たちは子供と犬のあとをつけた。たぶん、あの犬にはそれがわかっている。ときどきちらりとこちらを振り向く。

「妖怪アンテナは双方向なのか」

「そうなんじゃないのか？　しらないけど」

二人は商店街を離れ、家がパラパラと建っている道に入った。草地や畑も見える。駅からちょっと離れただけで寂れた場所になった。

しばらく道路を歩いていた二人は、やがて古びたアパートに到着する。鉄製の階段を上っていくのを見送って部屋を確認した。

「絶対、ペット可物件とは思えないな」

「そうだね……」

朝斗は階段の下に設置されている郵便受けを覗いた。彼らの住む部屋の郵便受けにはぎっしりとチラシが詰め込まれている。一枚引き出した朝斗の眉が寄せられた。

「……」

朝斗は俺にチラシを見せた。そこには「金返せ」とマジックで乱暴に殴り書きされている。

「他のも似たようなもんだな」

郵便受けにあったチラシはみんな「金返せ」「借金大王」「借りた金は返そう」という文句だ。

「どうやら借金の取り立てにあっているらしいな」

「子供が金を借りられるわけがないから……親ってことか」

「だろうな」

朝斗はチラシを何枚か見て、中から一枚抜き取り自分のポケットに入れた。

「ちょっと周辺で聞き込みをしよう」

二

はざまの神社への行き方は簡単だ。三軒茶屋まで戻り、適当な四辻で神社に行きたいと願って柏手《かしわで》を打てばいい。するといつの間にか参道に立っている。

問題は、人目につかない四辻が三軒茶屋には少ないということだ。

手を打とうと思うと後ろをバイクが通ったり、このへん人がいないぞとおもむろに両手を開くと、カートを押したばあさんが横切ったりする。

はざま神社の参道に入り込んだ俺たちが、その瞬間、他人からはどういう風に見えているのかわからないので、注意しなければならなかった。

今回もなんとかうまく参道に入り込み、俺たちは神社へ向かった。

神社までの参道は、両脇が竹の林で薄暗い。何度かこの林の中へ行ってみようかとも考えたが、戻れなくなるのも怖くてまだ試していない。

見上げれば押し包むような竹の葉の隙間から、灰色の空が見える。

あれは本物の空だろうか？

参道を過ぎ、赤い鳥居をくぐると黒い森を背景に小さな神社が建っている。

不思議なことに、ここはいつ来ても黄昏時だ。紫色の帳《とばり》が下りて、篝火が赤々と神社の本殿を照らしている。

俺は本殿の扉の前にある鈴を鳴らした。

「こんちわー」

呼びかけると扉が開く。いつものように顔に白い紙をつけた神主さんが立っていた。

今日は細い線じゃなくて、中心に黒い丸が一つだけ描かれている。これってお洒落なのかな。

「お待ちしてました。見つかりましたか？」

「見つけたことは見つけたんですが」

朝斗はジャケットのポケットからメモ帳を取り出した。

「そちらへどうぞ」

神主は階段を指さした。朝斗は頭を下げ、一番下の段に腰を下ろす。

「妖怪は犬に擬態して秋吉周平《あきよししゅうへい》という男の子の家にいます。秋吉周平は小学校の四年生で、父親とアパートに住んでいます」

「子供と……」

神主の顔の紙がかすかにそよぐ。

「アパートの大家に聞いたんですが、親子は二年ほど前に越してきたようです。父親は最初はちゃんとしてたらしいんですが、なかなか就職先が決まらなくて、バイトで生活する内にだんだん荒れてきて、何日も帰らない日もあったようです」

俺たちにその話をしてくれた大家のおじさんは、不満が溜まっていたのか、いろいろと話してくれた。

「最近もそんな感じで、ここしばらく姿を見ていないとか。犬は二週間前から飼っているらしいので、おそらく二週間以上戻ってきていないんでしょう。アパートはもちろんペット禁止ですが、子供のためと思って大目に見ていると大家が言ってました」

「大目に見てる……大家だけに」

神主は紙の下に手をやってむせたような咳をした。

「いや、今のは別に冗談を言ったわけじゃなくて」

朝斗が焦っている。こんなガキの鼻くそみたいなダジャレを言ったと思われるのも恥ずかしいのだろう。しかしこのレベルで受けるって、神主の笑いのハードル低いな！

「アパートの郵便受けにはこんなチラシが山ほど入ってました」

朝斗はポケットから汚い字で殴り書きされた紙を取り出した。

「父親は蔵本金融というところから金を借りたようです。マチ金です。後ろにヤバイところがついているという話です」

「ヤバイ？」

「ネットには出てきませんが、僕たちが探偵を始める前に世話になった桜井《さくらい》さんという人に聞きました。大家さんも何度かガラの悪い連中がアパートにきたのを見たそうです。父親はこれから逃げているのかもしれません」

桜井さんについてはまた今度話そう。

「大家さんから訊いた父親のバイト先にも行ってみました。宅配業者ですが、二週間前から欠勤しているそうです。その前からやはり何度か怖そうなお兄さんたちが来てたと証言もあります。秋吉さんは運転免許を持っていないので事務所で受け付けなどをする仕事だったんですが、その男たちが秋吉さんを無理矢理連れ出すことが数回あったとか」

バイトとはいえ勤務先にまで借金取りに押し掛けられては、周平くんパパも困っただろう。

「大家さんは周平くんを心配して、児童相談所に連絡したそうです」

親切な大家さんは時々夕食を差し入れているという。

「児童相談所……困っている子供を助ける機関ですね」

「簡単に言えばそうですね。それで職員が二日ほど前に来たんですが、周平くんは、パパは帰ってくると言い張っているようです。そのとき犬がひどく吠えて、職員たちも家には入れなかったらしいです。大家は下で見ていたということですが」

「妖怪が子供を守っているということですか」

神主の声に軽い驚きが含まれていた。

「周平くんは犬をとてもかわいがっているようで、引き離すのはかわいそうだと大家さんも思っているそうです」

ほかに頼るもんもないいんだろうなあ、かわいそうに、と大家は目頭を押さえていた。いい人だ。

「それでその……」

朝斗は手帳をポケットに戻して膝の間で指を組んだ。

「犬は妖怪……なんですけど、そいつ連れてこなきゃだめですかね？」

あれ？　朝斗、なに言い出すんだ？

「あの犬が彼の、周平くんの心の支えになっているなら、無理矢理引き離さなくてもいいんじゃないかと思うんです」

朝斗は神主を振り向かずに、地面に向かって話している。まるで足下の玉砂利に耳があるかのように。

「僕はヨルに救われました。ヨルがいたからなんとか今まで生きてこれた。周平くんにとってあの犬がそうであるなら……」

そんなことを考えているとは思わなかった。俺は神主を見上げた。神主は階段の一番上で、朝斗を見下ろしている。紙の面《おもて》からはなにも読み取れない。

「あの子と犬をそのままにできませんかね……」

「しかし、それはいびつです」

神主は静かに、きっぱりと言った。

「ヨルくんはあなたが生み出したもの。人の心を持っています。しかしその妖怪に人のような考え方や思いがあるかどうかはわかりません。妖怪は彼らなりの行動原理で動きます。それが人の子にどんな影響を与えるか、それもわからないのです。それに」

神主は白い素足で階段を下りてきた。

「子供は親が育てなければなりません」

「親がそんなに偉いものか！」

朝斗はいきなり大きな声を上げた。

「親は子供を自分の所有物だと思っているんだ。全部の親がそうじゃないとはわかってるけど、実際あの子は養育放棄《ネグレクト》されている。それも親が子供を自分のものだと思って、捨ててもいいと思っているからだ」

あちゃー、朝斗の地雷を踏んだ。

朝斗はいまだに自分の親を嫌っている。子供の意志を尊重せず、親の考えを押しつけ、それに背くと暴力を振るわれる。人格を否定する言葉で罵られる。

子供だった朝斗はそんな毎日に怯え、必死に親の敷いた狭いレールの上を走ってきた。今ならそれも虐待だと言えるだろう。

「それは一部認めましょう。血のつながりが全てとは言いません。でも少なくとも人間は人間が育てた方がいいんです。児童相談所が動いているなら、そこに預けた方が」

「そうしたらあの犬と引き離されるじゃないか」

朝斗と神主はいまや顔をくっつけんばかりにして睨み合っている。神主の目の位置がわからないので朝斗は紙の黒丸を見ていた。

「なあ、朝斗」

俺はため息を一つついて呼びかけた。

「朝斗の言いたいことはわかるよ。俺だって仲良しの仲を裂くのはいやだ。だけど現実的に考えて、この先周平くんの親父が戻ってこなかったら、小学生が一人で生きていくことはできないよ。第一、金はどうすんだよ。ガスだって水道だって電気だって金がいるんだ。金が底をついて止められたら、あの子はあの部屋で死んじまうぜ？」

口を挟む隙を与えず、俺は一気に言った。あの子が今現在金をどうやって手に入れているのかわからないけど、もし、毎日コロッケ一個の生活なら（昼は給食があるし大家さんの差し入れもあるだろうけど）、そのうち体を壊す。

朝斗は俺を睨んだ。この裏切り者、と顔に書いてある。

「朝斗は大人で、使えるカードを持っていたからいいけど、あの子は子供だ」

俺はもう一度言った。

俺は確かに朝斗から生まれた妖怪だけど、朝斗と同じ考え方はできない。俺がこの姿になったとき、俺は朝斗とは違う生き物になったのだから。

朝斗は俺の言葉に反論できず、うなだれてしまった。

「帆布里さん」

「朝斗」

神主と俺は交互に声をかけたが返事はない。

なんだよこれ、俺ら、いじめっこかよ。

「とりあえず……周平くんの父親を捜してみる……」

ややあって、朝斗は力なく言った。

「それまで猶予をくれ……ください」

「わかりました。場所が確定してますから、その妖怪を迎えに行くのはいつでも行けます」

神主は身を屈《かが》めてそっと朝斗の肩に手をふれた。

「帰るぞ、ヨル」

しかし、朝斗はその優しい手を振り払うように立ち上がった。

「わかったよ、……あ、ちょっとだけ待って」

俺はどうしても試してみたいことがあった。

「神主さん」

「はい、なんでしょう」

神主は黒丸を描いた紙の面を俺の方へ向けた。

「俺、こないだ布団を干してたんだけどさ、」

「はい」

「そのとき強い風が吹いてきて」

「はい」

「布団がふっとんだ」

「……」

神主はちょっと首を傾げた。ありゃ、通じなかったか？　と思った瞬間、神主は膝からくずれ落ち、紙の下に両手をあてて体をぶるぶると震わせた。

「ふとんが……ふっと……ふと、ふ、ふ……」

あ、やっぱりハードル低い。


神社を出ると現実の世界はもう夜だった。朝斗は明日、周平くんのいる町に行って父親がバイトしていたところにもう一度聞き込むと言った。

俺たちはいつものように、まめや珈琲で焙煎された豆を買い、伊勢辰に焼き鳥を食べに行って、家へ戻った。

真夜中、猫の姿で朝斗と寝ていた俺は、そっと起き上がった。顔を近づけて様子を窺ったが、朝斗はぐっすりと眠っている。

窓のクレセント錠を猫の手でひっかけて開ける。細くガラス窓を開けると、俺は夜の町に飛び出した。

猫の足で周平くんのいる町まで行くのはちょっと大変だった。だが夜中に人間の子供の姿で移動することもできない。途中でそっち方面に行くトラックの荷台に乗ったりと楽をさせてもらったが、結局二時間くらいかかった。

俺は周平くんのアパートに着くと、ドアの前で小さく「ニャー」と鳴いた。

しばらくすると、黒い影のようなものがドアの下の隙間から流れてきた。それはするするとドアの外へ出ると、大きく膨れ上がり、犬の姿になった。

「よう」

俺は小声で言った。

「話がある。周平くんに聞かれたくないから、離れよう」

黒い犬はこくりとなずいた。

俺たちはアパートの二階から、屋根を伝い塀を渡って窓ガラスの割れた空き家の中に入り込んだ。

「おまえ、なんの妖怪なんだ?」

「にんげんの、よびかた、しらない。」

あまり言葉を知らないのか、妖怪の話し方はたどたどしかった。

「そうか、きっと名付けられなかった妖怪なんだな。俺は聻猫っていうらしいんだ」

俺は人の姿になった。

「おまえも人に化けられる？」

黒い犬は首を振った。

「おれ、いぬ、だけ。」

黒い犬の体が崩れ、床一面に広がる。それがゆっくり盛り上がってまた犬になった。

「おまえ、どうしてあの子と一緒にいるんだ？」

俺は犬の前に座って訊いた。犬は首を右に傾げる。

「しゅうへい、やさしく、した……おれ、ずっとひとり、だった。」

この妖怪はずいぶん長い間、形をもたずに東京のあちこちの暗がりをさすらっていたらしい。ただ生きながらえるために水たまりの水をすすり、ゴミ捨て場の食べ物を漁り、行き交う人の足の林を見つめ、時間の中を漂っていた。

その日もゴミ捨て場の生ゴミに顔をつっこんでいた。はじめて通った場所だった。食べられるものがたくさんあって、夢中でむさぼっていると、小さな声がかけられた。

「……いぬ？」

はっとして固まってしまった。今まで人間に見つかってろくな目にあったことがない。このまま逃げるか、じっとして行きすぎるのを待つか、どうしようかと考えた。

「いぬ、でしょ。おいでおいで」

声には敵意はなかった。

(犬……)

それは考えた。犬は彼が唯一形をとれる生き物だ。今までも何度か犬の姿になって餌をもらったことがある。ここしばらくは犬の形をしているとかえって追いかけ回されるので避けていたが、この好意あふれる声に応えてみたいと思った。

それで耳をつくり、鼻をつくり、前足を、後ろ足を、尻尾を作った。

おかしくないか、びくびくしながら振り向くと、小さな人間がいた。人間の子供だ。子供は自分を驚かせないためか、しゃがんで手を伸ばしていた。それはゆっくりとゴミ箱から下り、その手に近づいた。

急に捕まえられるかもしれない。そのときはその細い腕、食いちぎってやる……。

だが、子供の手はそれの頭を撫でた。首筋を撫で、背を撫でた。温かい手。

「いぬ、うちにくる？　うち、いま、パパいないんだ。だから」

あふれ出てくる寂しさ。その感情は彼にも覚えがあった。ただ食べて生きていくだけの日々の中、浮かび上がる思い。

寂しい、淋しい、サビシイ。

「だからおいで」

そっと首を引き寄せられ、胸に抱えられた。薄い胸から血の脈動を感じた。

俺は犬だ。

それは思った。

犬だから……一緒にいるのだ。

「はざまの神社って知ってるか？」

妖怪から話を聞いて俺は言った。

「そこの神主は妖怪を保護している。妖怪が暮らしやすい過去に送ってくれたり、幸せな夢を見ながらずっと寝たりできるんだ。おまえ、そこへ行く気はないか？」

「しあわせ？　しあわせ、なに？」

「幸せってええっと……」

人によって、いや、生き物にとって幸せの形はそれぞれ違う。だけど一番単純で分かりやすいのは……

「もう腹をへらさなくていい、逃げたり隠れたりしなくていいってことだよ」

「じゃあ、いらない。おれ、いま、しあわせ。」

黒い犬は首を振った。

「しゅうへい、おれにごはん、くれる。ころっけくれる。おれ、にげない。かくれない。いつもあったたか。」

「おまえは幸せでも周平はどうかな。子供が一人で暮らしてはいけないよ」

「……」

犬は首を傾げすぎて耳が床につきそうだった。

「しゅうへい、パパ、まってる。パパ、もどってくれば、しあわせ？」

「う、うん……まあ、そうかな」

「パパは、おや？」

「そうだよ」

「そうか。こども、おやのもの。」

犬は鼻先を上に向けて何か匂いを嗅ぐしぐさをした。

「しゅうへい、しあわせ。じんじゃ、いく。」

「えっと、つまり……？」

「パパ、もどったら、いく。」

「――わかった」

俺たちは空き家の割れた窓ガラスから外へ出た。

犬が屋根を飛び跳ねてアパートへ戻る。その黒いシルエットを見送り、俺もまた朝斗のもとへ帰ろうと思った。

また二時間かかるのはちょっときついけどな。

三

朝、俺は朝斗と一緒に、今度は電車に乗って周平の住む町へ行った。実は昨日話をきいた宅配会社の事務の女の人が、もう少し詳細を教えてくれるという。もちろんただではない。

俺は待ち合わせのカフェの近くで足を止めた。

「どうした？　ヨル」

「ここから先は朝斗一人で行った方がいい」

「え？」

朝斗はきょとんとしている。ああ、この顔はわかってないな。

「あの事務のお姉さん、朝斗に気があるんだよ。だから俺は一緒にいない方が話が弾むだろ」

「……話が弾むって、秋吉さんのことについて訊くだけだぞ？」

「わかってねえなあ。朝斗がもうちょっと色気を出せば、どんどん話してくれるってことだよ。見ろよ、あのカフェ。こんな急行も止まらないような町にあるにしちゃあ、めいっぱいお洒落じゃねえか。きっと化粧もちゃんとして、服も決めてるに違いないよ。朝斗」

俺は朝斗の手をぎゅっと握った。

「相手が言いよどんだり気を持たせるようなことを言ったら、こうやって手を握って目を見て、話してくれるようにお願いすんだぜ、いいな?」

朝斗はそう言う俺に意味がわからない、という顔をして見せた。俺は朝斗の背中を叩いて送り出す。金銭を要求されるでもなく、デートごっこで欲しい情報が手に入るなら安いものだ。

俺はカフェがよく見える、駅前のロータリーのベンチに腰を下ろして、緑の都バスやオレンジの東武バスがぐるぐる走っているのを眺めていた。

「またこんなところでさぼっている」

目の前にストッキングに包まれた細い脚が現れた。視線をあげるとマントを羽織った凪だ。夜ならともかく、こんな明るくて暖かい昼間にそのマントは暑苦しく見える。

「なんでおまえがここにいるんだよ」

「おまえたちがさぼってないか見張りに来た。案の定さぼっている」

凪はかかとの太い、黒いリボンのついたヒールをはいている。マントの下から重なってガサゴソいってる黒いフリルが見えていた。今日もゴスロリは絶好調だ。

「さぼってないよ。今朝斗が情報を収集してる」

「妖怪は見つけたのだろう。なぜ連れてこない」

　凪はヒールで仁王立ちだ。

「ことは複雑なんだよ。妖怪が子供と暮らしていることは聞いてるだろ」

「聞いている。だがそれがなんだ。関係ないだろう」

「関係なくはないよ。周平くんは妖怪を犬だと思っているんだ。大切な家族だよ」

「ばかめ」

　鼻先で笑われた。

「妖怪と人が家族になんかなれるものか。そいつは人間を食う機会を待っているだけだ」

「そんなことないよ！　あの妖怪は周平くんに優しくされて嬉しかったって言ってた。幸せだって」

「幸せ？　妖怪が人といて幸せだと？」

　無表情な凪の顔がゆがむ。日本人形のようにかわいい女の子の顔が、憤怒に満ちた仁王のような顔になった。

「ありえん。そんなふざけたことを……」

　ぞわっと全身の毛が逆立つ。のけぞるほどの物理的な殺意。凪はいったいなぜこれほどの怒りを抱くのか。

「ヨル？　凪さん？」

のんきな声がかけられた。朝斗が凪の後ろから手を振って近寄ってくる。

凪の顔がすっと、もとの白い美少女に戻った。

「朝斗……」

俺はほっと力を抜いた。

「凪さん来てくれてたんだ。おしゃべりでもしてたのか？」

このお花畑やろう。俺は今、喰い殺されそうになってたんだぞ、などと言えるわけもなく、黙って睨みつけた。

「どうだった？　朝斗」

「ああ、いろいろ教えてもらった」

朝斗はベンチに座る俺の横に腰を下ろし、レコーダーを取り出した。再生ボタンを押すと、朝斗と従業員の女性の声が聞こえてくる。

『——よく覚えているわ、三人くらいでくるのよ。カウンターでねちねちと秋吉さんに絡んでて、所長が今度くるようなら辞めてもらうって言ってた……それで秋吉さんが無断欠勤した前の日だったかしら……』

女子職員の話によると、いつも店の中で絡む三人が、今度は店の外に秋吉を連れ出した。女子職員は同僚が止めるのも聞かず、表へ出てこっそりと様子を窺っていたという。

『男たちがなにか言ってて、そしたら秋吉さんが急に、息子には手を出すな、なんでもするからって大声を出したのよ。息子さんがいるなんてそのとき初めて知ったわ』

「へえ、ちょっとは親らしいとこあるじゃん」

ネグレクトしているようなやつだから子供に愛情なんか持ってないかと思ったが、少し見直した。

『そしたらそのあと、男の一人が、じゃあ俺たちのお願い聞いてくれるんだなって言って……秋吉さんがうなずいたら、それじゃあ今日待ってるぜって帰っていったの。秋吉さんそのあと一日ぼんやりしてて、正直いない方がありがたかったわ。あ、これは内緒ね』

女はうふふぅと甲高い声で笑った。

『でも次の日から来なくなって……もしかしたら警察に言ったほうがいい話だったかなって、ずっと胸の中がもやもやしてたのよ。だからあなたが来て聞いてくれてとても嬉しいの……』

女の声が甘くなった。

『ねえ、あの、このあと、食事にでも』

朝斗がスイッチを切って話はそれで終わった。

「ずいぶん仲良くなったみたいだなあ」

俺がにやにやして言うと、朝斗はそっぽを向く。

「手の一つでも握ってやったのか?」

「そんなことしていない」

そういう朝斗の手を凪が不意に引き寄せた。そのまま鼻先に持っていく。

「別の人間の匂いがする」

凪が仏頂面で言った。朝斗はあわてて手を引き戻す。

「あ、やっぱ手を」

「握られたんだ!」

話からすると周平くんのパパはその日の夜に借金取りと会って、それ以来行方不明ということだ。

「つまり?」

「秋吉さんがどうしたかは借金取りに訊くしかないというわけだ」

「借金取りというかヤクザだろ」

俺が言うと、一緒に座っていた凪が立ち上がった。

「行こう。ぶちのめせば白状する」

「まあ待て。物理は最後の手段だ」

朝斗は凪の手を握った。それを凪が火傷《やけど》でもしたような勢いで、ぱっと振り払う。

「気安く触るな」

「すまん」

なんだろう、こいつ。さっきは自分から朝斗の手をとったくせに。

「当てはあるのか?」

俺が訊くと朝斗はうなずいて親指を立てた。

「桜井さんに聞く」

他力本願だが仕方がない。蛇の道は蛇、裏社会は裏社会に通じている。


俺が朝斗と公園で出会い、朝斗が生きる希望を取り戻した夜。朝斗が持っていたのはクレジットカード一枚だけだった。

朝斗はそれを使って金を少しだけキャッシングした。もちろんカードを使えば足がつく。両親は病院から逃げ出した朝斗の行方を追っているだろう。

朝斗はそれでわずかな食料を買い、そのまま高速バスに乗って名古屋へ向かった。名古屋駅でもう一度カードで下ろせるだけ下ろしてまた東京へとんぼ返り。これで両親には朝斗が名古屋で暮らし始めたと思わせることができる。

東京へ戻った朝斗は探偵になると決めたはいいが、やはり根が真面目なので予行練習したいと言い出した。

それで新宿へ行き、電話帳を開いて見つけた興信所に雇ってほしいと連絡した。新宿にしたことに特に意味はない。昔読んだ漫画で新宿を舞台にした探偵ものがあったのを覚えていただけだ。伝言板にメッセージを残すやつ、な。厳密には主人公は探偵ではなくスイーパーだったが。

いくつか電話した中で、すぐに来ていいと言ってくれたのが桜井さんの事務所だった。

桜井さんの事務所が「221B」という名前だったのも決め手だ。

もちろん通常の興信所――探偵事務所は小説やドラマのように殺人現場に行って颯爽と謎を解くなんてことはしない。桜井さんのところも、所長の桜井さんのほか二名の社員の仕事は、主に素行調査と人捜しだった。

「最近は弁護士事務所からの依頼も多いよ」

桜井さんはそう言った。離婚調停やご近所トラブル、そういう依頼を受けた弁護士事務所が下請け作業を興信所に丸投げするのだそうだ。

そういう仕事でけっこう忙しかった桜井さんは、身一つでやってきた朝斗と俺を快く引き入れてくれた。

思えば桜井さんは最初から俺を人間扱いしてくれた。あのとき俺は猫の姿しかとれなかったはずなのに、ちゃんと「ヨルくん」と名を呼んで一人前に扱ってくれた。俺が自分のことを人間だと思いこんでいたのも、半分は桜井さんのせいじゃないだろうか？

桜井さんは朝斗が憧れた探偵そのものだった、外見は。

ぼさぼさの頭に無精ひげ、ネクタイは弛《ゆる》み、肘がつるつるになった背広を着て、暇なときはデスクに足を乗せて寝ている。

人当たりは穏やかで普段は眠たげ。しかし事件が起こると、その寝ているのか起きているのかわからない細い目がかっと見開かれ、ハンターのように鋭いまなざし――にはならない。事件なんかないからだ。

しかし朝斗にとってはそういうだらしのない姿が理想だったのだろう。今もできるだけ真似をしているが、生来几帳面な性格の朝斗には難しいらしい。

そして朝斗は221Bで尾行の仕方や調査報告書の書き方、調査費用の請求書の書き方、おまわりさんに職質されたときの切り抜け方などを教わった。

桜井さんの半眼が大きく開くのは好きなミステリー小説の話をするときだけで、勉強と称して古今東西、ハードボイルドから密室もの、機械的トリック、心理的トリック、オカルト絡み、ＳＦ設定までなんでも読んでいた。

朝斗も学生時代、勉強のあいまにこっそりミステリー小説に浸っていたので話はあったらしい。

いつも寝ぼけ眼《まなこ》で頼りなげだが、二十年近く興信所をやっているという桜井さんはいろんなパイプを持っていた。パイプといってもホームズが吸っているようなやつじゃなく、つながりだ。その中にはヤクザ関係も多かった。

ヤクザ社会の中での事件を人知れず解決しているらしいのだが、一ヶ月でやめた俺たちには詳しいことはわからないし、聞かない方がいいかもしれない。

桜井さんは朝斗が探偵事務所を開きたいと相談したときは、快く送り出してくれた。三茶に事務所を借りることができたのも桜井さんのおかげだった。

それでまあ立派に探偵――主に猫捜しの――になれたのだから、俺たちは桜井さんには足を向けて寝られない。

というわけで、ヤクザ絡みなら桜井さんだと、俺たちは新宿へ向かった。

「いやあ、久しぶりだねえ。元気だった？」

桜井さんは俺たちを歓迎してくれた。朝斗の体を抱き寄せ、背中をパンパンと叩く。

スキンシップに慣れていない朝斗は、これをされるたびに緊張していたが、いまだに体をこわばらせている。

「ヨルくんも、いつもかわいいね」

俺は猫の姿になっていた。以前からずっとこの姿で見えていたはずだ。桜井さんは俺の頭を軽く撫でる。よく頭を撫でてくる人だなあと思っていたけど、猫に見えてたんならしょうがないか。

「で、こちらのかわいいお嬢さんは？」

成り行きで凪も一緒についてきていた。人形のような無表情で桜井さんを無視している。

「あー、助手といいますか、仕事を手伝ってもらっているんです」

聞くなり、桜井さんは朝斗の頭を脇の下に抱え込んだ。

「……未成年じゃないの？」

「……いえ、童顔ですが、たぶん、けっこう、いってるんです」

かなり小さな声だったのに、聞こえたのか凪がぎろりとすごい目を向けてきた。

俺はもちろん、猫だから耳はいい。

「それで今日は？　昨日訊いてきた蔵本金融の件？」

桜井さんは俺たちを客用のソファに案内した。二人いた社員は今はいない。調査に出ているのだろうか。

「はい。蔵本金融に金を借りていた秋吉准一さんが、バイト先に来た取り立て屋のような男たちと会う約束をした後、行方がわからなくなっています。僕たちは秋吉さんの行方を知りたいんです」

「借金の取り立てから逃げたってことは？」

桜井さんはソファを回って自分のデスクについた。でかいパソコンが正面に置かれ、その両脇に色とりどりのファイルホルダーが絶妙なバランスで山になっている。

「それはないと思います。二週間前の水曜日なんですが、それ以降自宅には男たちは訪れていないようなので。金を払わず逃げたのなら、必ず自宅に押し掛けるでしょう」

「そうか」

桜井さんは机のパソコンのキーボードをパコパコ叩いた。

「蔵本金融の後ろにいるのは藤巻興業だ。名前は普通だが実体は非指定暴力団下村組傘下のヤクザ屋さんだよ」

「はい」

「君から電話をもらったあと、ちょっと思い出したことがあって……。十日ほど前にこんな事件があった」

そう言ってパソコンの画面だけをこちらへぐるりと向ける。ディスプレイには「江東区亀戸で身元不明の男性死体」という小さな新聞記事が表示されていた。

「これ……」

「死因は刺殺。その前にさんざん殴られたような痕があったらしい。警察は暴力団員同士の抗争と見ている」

「暴力団員……。じゃあ秋吉准一とは関係ないですね」

「わからないよ。どうやらこの男は鉄砲玉にされたようでね。それに失敗して掴まって殺されたらしい。警察の知り合いに聞いても見ない顔だって言ってたし、もしかしたらという可能性がある」

桜井さんは昨日朝斗から電話を受けた後、あらかじめそこまで調べてくれていたらしい。

「この死んだ男が秋吉准一かどうかは確かめられない。もう十日も前ですでに火葬され無縁仏として処理されている。記録としては残っているけど、小学生に確認させるのは無理だろう」

桜井さんは淡々と言ったが、朝斗はつらそうに顔を歪めた。

「確認はできるだろう」

今まで黙っていた凪が口を開いた。俺はもちろん、朝斗も桜井さんもぎょっとした顔で美少女を見る。

「そのヤクザに聞けばいいんだ」

「それは――そうだけど、そう簡単には教えてくれないよ」

桜井さんが子供に聞かせるように優しく言う。

「なぜだ？　口を割らせる方法ならいくらでもあるぞ」

凪は右手をぐっと握る。桜井さんは朝斗に呆れた目を向けた。

「このお嬢さん、武闘派なの？」

「はあ、まあ」

（あんた、ほんとにそんなに強いの？）

俺は猫の言葉で凪に話しかけた。凪は俺を見ると、コクリとうなずく。そうか、なら可能性はあるな。

（ヤクザのとこに行こう、朝斗）

俺は目だけで朝斗に呼びかけた。朝斗には俺の考えがわかったみたいで小さくうなずく。

「桜井さん。藤巻興業の住所を教えていただけますか？」

「ええ？」

桜井さんの目が見開かれたのを見るのは久しぶりだ。

「なに言ってんの。相手はヤクザだよ？　君、そういうタイプじゃないでしょう？」

「大丈夫です。僕には心強い相棒がいますので」

朝斗がほんの少しだけ唇を持ち上げた。桜井さんの開かれていた目が、それを目撃してふっと優しく細くなる。

「朝斗くん、少し雰囲気変わったね」

「そうですか？」

「うん、とても柔らかくなった。前より表情も豊かになったし」

「ええ――」

朝斗はソファの上の俺を抱き上げ、頭を撫でた。

「自分を取り戻すことができたので」

とても心配はしてくれたけど、最終的に桜井さんは藤巻興業の住所を教えてくれた。新宿からは山手線に乗って行ける場所にあった。

駅のロータリーを出ると、車が二台、遠慮がちに通れるような道路が延びており、その両脇にごちゃごちゃした印象でビルが建っている。どのビルもせいぜい五階くらいで、道路に面した場所は飲食店や服屋、雑貨屋といった、まあこの通りで十分生活できるだけの店が揃っていた。

人通りもけっこうあり、活気がある商店街だ。

藤巻興業はこの商店街を抜けた先にあった。こちらも五階建ての、一フロア二店舗くらいの細長いビルで、けっこうこぎれいにできている。

一階から四階まで、壁を飾っているのはすべてスナックやクラブの看板だ。目当ては一番上の五階だった。藤巻興業とシンプルすぎる書体で書かれている。

「じゃあ行こうか」

俺はそう言ったが、朝斗はここへきてびびったのか動かない。

「ここで待っててもいいぜ？　俺と凪だけで行ってくるから」

俺は今は人の姿をとっている。見た目は愛らしい小学生に見えるだろう。朝斗はそんな俺を見て首を振った。

「いや、ここは大人が話さなければ」

「俺らと違って朝斗は顔を覚えられたら困るだろ？」

「大丈夫だ、こんなこともあろうかと」

朝斗は使い捨てマスクを出しサングラスをかける。銀行強盗でもするようなかっこうだ。まあこれなら素顔はわからないだろう。

「電車の中で打ち合わせたとおりにいくぞ」

俺たちはここへくる前、電車の中で段取りをたててきた。

「まず、一〇日前に死んだ男の身元を訊く。当然知らないというだろうけど、口を割らせる。もしそれが秋吉さんでなければ、なんとかうまく話していって、秋吉さんの行方を訊く」

　俺がそう言うと凪が首をかしげた。

「最初から秋吉の行方を直接聞いた方がいいんじゃないのか？」

「そうすると俺らが秋吉さんのことを知りたがってるとばれるじゃんか。矛先が周平に向いてしまうかもしれないから、秋吉さんのことはあくまでもついでに知ったということにしたいんだ」

　俺が懇切丁寧に説明したのに凪は不満げに鼻を鳴らした。

「面倒だな」

　朝斗が俺の頭越しに凪を説得する。

「自白の方法は最終的には脅しになると思う。方法は凪さんに任せますが、聞き出すことが目的なので、口がきけなくなるようなことはやめてください」

「物理的に、でいいんだな？」

　凪はそう言うと両手をグーパーと握ったり開いたりした。心もち、嬉しそうじゃないか。

「俺もでかくなることができるから、逃げ出そうとするやつは捕まえるよ」

　俺が言うと朝斗はちょっと驚いたようだった。

「あれは、自分でコントロールできるようになったのか？」

「うん、練習してた」

「ときどきやたら長い毛が落ちてると思ったらそれか……」

　俺はにやりとして鼻をこする。

「だが、相手はヤクザだ。武器を持ってるかもしれないぞ」

「それは凪にまかせろ。通常の人間の武器では、たとえ拳銃で撃たれても凪を傷つけることはできない」

「拳銃か……」

　朝斗は考え込んだ。

「それも持ってる可能性を考えないとな。ヨルがでかくなったら狙い放題だ」

「拳銃を取り出す前に凪が動く。大丈夫だ」

「しかし、それでは凪さんばかりに負担をかけることになる」

　朝斗が言うと、凪は弾かれたように顔をあげ、朝斗を見た。表情は変わっていないが驚いているようにも見える。

「……そんなことくらい負担になるわけがない。凪は強いんだ。バカにするな」

「いや、信用していないわけじゃないよ。でも傷つくことは極力避けてほしい」

　朝斗はあわてて言う。凪の機嫌を損ねたと思っているのだろう。

「傷を恐れて手に入るものはない」

凪はぷいっとそっぽを向き、車窓を流れる景色に目をむけた。不機嫌そうな顔だったが、俺にはどこか……彼女が照れているようにも思えた。

ビルの前でもう一度朝斗が「無理はしないように」と言い、俺たちはエレベーターに乗った。


エレベーターで五階に上がると左右に二つのドアがあった。

「まずいな」

朝斗が呟いた。右でことを起こせば左から応援がくるかもしれない。逆もまたしかりだ。

「塞げばいいのか？」

凪はそう言うとマントの下から絵馬を一枚取り出した。なにか絵が描いてある。

「どうするんだ？」

「手伝わせる」

凪は絵馬を床に置いた。すると絵馬が白く光り、そこからぬうっと大きなものが浮き上がってきた。

「これ……ぬりかべだ」

俺も知ってる。有名な妖怪だ。灰色の砂壁のような体に眠たげな目がついている。

「その扉を押さえておいてくれ」

凪が言うとぬりかべの体が一瞬消え、次に現れたときは扉のあった壁自身になっていた。ドアは消えている。

「これでどうだ？」

凪がどこか得意げに言う。

「すごい、こんな使い方ができるんだ」

俺は恐る恐る壁と一体になったぬりかべの体に触れた。気のせいか少し温かい。

「主さまに言われていくつか絵馬を預かってきたのだ」

「そうか……ありがとう凪さん」

朝斗が礼を言うと、凪はさっと黒いマントのすそを翻し、もう一方のドアのほうを向いた。

「とっとと行くぞ」

「わかった。じゃあ、打ち合わせ通りに」

凪はうなずき、ドアの横にあるインターフォンを押した。

「誰だ」

すぐに返事があった。

「こちらへ行くようにと言われたのですが」

凪はカメラに顔が見えるようにマントのフードを外して言った。かわいらしい女の子の顔がレンズを通して相手に見えているだろう。俺たちは見えないようにドアの横に張りついている。

「なんだ？　誰からの紹介だ」

「蔵本金融さんです」

ドアの向こうで短い協議があったようだが、すぐにガチャリと鍵の開く音がした。ヤクザのくせにガードが甘すぎる。

「用事はなん――」

ドアを開いた男は最後まで言えなかった。凪がフリルに包まれた腕で男の胸を突き飛ばしたからだ。軽く押したように見えたのに、男は部屋の奥まで吹っ飛んでいった。

「なんだ、てめえ！」

部屋の中には今飛んだ男を含め六人、凪はすぐに飛び込み、立ち上がろうとした男を二人、右、左とゴツいヒールの足で蹴飛ばした。ものすごい音がして男たちが壁にぶつかる。

俺は猫の姿で飛び込むと、すぐに体をふくらませ逃げる男を一人、前足で押さえた。

もう一人、首を伸ばして口でくわえる。

「うわああ！」

奥の机の前にいた男はパニックになった。無理もない、三人の男が宙を飛び、でかい化け猫が仲間をくわえているのだから。

「ばけもの！　ばけもの！」

男はガタガタと机の引き出しを開け、震える両手で銃を構えた。やはり拳銃を持っていた。

男は自分に近づいてくる凪に向かってダンダンダンと三発、発砲した。この音は隣の部屋にも聞こえただろう。しかし、内側にドアはあっても外にはない。ドアは開かず、応援はこない。

凪は顔の前で虫でも払うようなしぐさをした。部屋の壁にぴしりと小さな穴が二つ開く。弾丸の痕だ。

三発目の弾丸は――。

凪は男に見えるように、手のひらを上に向けて開いた。そこには金色のひしゃげた弾丸が乗っていた。

「ひ、ひい……」

男は拳銃を構えたまま、へなへなと床に座り込んだ。

そこへようやくマスクとサングラスで顔を隠した朝斗が現れる。悪役の登場の仕方のようだな。

「一〇日前、亀戸で死んだ男のことを訊きたい」

朝斗は座り込んでいる男にゆっくりと訊いた。

「身元不明の男だ。おまえたちの仲間か」

「し、しら……」

男が予想通りの答えをしようとしたので、俺は口にくわえた若いのを少し持ち上げて、左右に振り回してみた。

「ぎゃあっ、しゃ、社長！　助けて！　喰われる！」

男は泣きわめく。こんな消化に悪そうなやつ、喰う気はまったくないが、俺はのどの奥でうなってみせた。

社長と呼ばれた男はこっちを見て真っ青になる。

凪はかかとのぶっといヒールで、ゴツゴツ音を立てながら男に近づいた。弛みきったネクタイを持って乱暴に顔を引き上げさせる。

「アレに喰われたいか、それともこいつを目玉の代わりにするか」

凪はひしゃげた弾丸を見せる。男はあごの蝶番《ちょうつがい》が外れたように口を大きく開いた。

うわ、えげつなー。

「あ、あれは……俺たちの仲間じゃねえ……外から拾ってきたんだ……」

「そいつの名前は？」

「え、ええっと、えっと、」

男は目まぐるしく目玉を動かす。だが思い出せなかったのか、救いを求めるように弟分たちを眺め回した。

「あ、あいつの名前は⁉」

悲鳴のような声に、最初に凪にぶっ飛ばされた男がかろうじて答える。

「た、たしか、あ、あきよしって……」

やっぱりか。

俺は目を閉じた。周平のパパだ。

パパは帰ってこない。周平は幸せになれない。あの妖怪は納得するだろうか？

「わかった。この銃は法律違反だから預かっておくぞ」

朝斗が男の手から銃をとる。男は抵抗もせず、なされるままだった。

「邪魔したな」

それを合図に俺は押さえていた男たちを解放した。男たちは転がるようにソファの後ろや窓へと逃げる。

ドアの外へ出た俺は扉のないもう一つの壁を見た。今頃はこの中もパニックだろう。

内側にしか存在しないドアを、いくら押したり引いたりしても開くわけがない。

「ぬりかべはどう回収するんだ？」

「あとで大丈夫」

俺たちは優雅にエレベーターで下りてビルを出た。

「おおい、おおい！」

誰かが上から怒鳴っている。振り仰げば五階の窓だ。ドアからは出られないので窓を開けたらしいが、高すぎて下りられない。

「早く退散しよう」

朝斗は外しかけたマスクを再び顔に装着した。

駅に戻る途中で交番を見つけた。覗くと「パトロール中です」と机の上にアクリルスタンドが置いてあったので、その後ろに、抜いた弾と一緒に拳銃を置いた。「藤巻興業より」とメモも残しておく。あとはよろしく。

駅に着くと、凪がトイレの壁の前で絵馬をかざした。するとトイレの壁に目が浮き出て、ぬりかべがすっと離れてくる。それはあっという間に絵馬に吸い込まれてしまった。

凪の下げた絵馬にはぬりかべの姿が描かれている。

「なあ、まだたくさん絵馬を持ってきてるのか？」

俺は興味津々で凪のマントを見た。だが凪は他の絵馬を出してくれない。

「主さまからはなるべく使うなと言われている」

「そうだったんだ。でも助かったよ、凪さん」

朝斗が礼を言うと凪はマントからもう一枚、するりと出した。

「シロウネリというのもある。空を飛んで帰ることができるが、使うか？　ぞうきん臭いけど」

できるだけ使わないんじゃなかったのかよ！

どうも俺と朝斗に対しての扱いに差があるような気がするな……。


三軒茶屋に戻り、四辻で柏手を打って俺たちは神社に戻った。

「そうでしたか。周平くんの父親は死んでいましたか」

報告を訊いて神主は湿った声を出した。今日の面の紙は三角の上の部分、へという文字のようなものが三つ描かれたものだった。あれはなんだろうな、毎日自分で描いて付け替えているのかな。

「主さま」

凪はマントの下から四枚の絵馬を取り出した。あんなに持ってたのか。

神主は絵馬を受け取ると、神社の横に回って壁に納めた。

「俺、昨日、周平くんと一緒にいる妖怪と話をしたんだ」

俺は神主が階段に戻るのを待って言った。それには朝斗も驚いていた。

「聞いてないぞ！」

俺は朝斗を上目で見てから地面に視線を向けた。うつむいて殊勝な態度をとる。

「黙って行った。妖怪は、周平くんの父親が戻ってきたら神社に来るって言ってた。だけど父親は戻ってこない。おとなしく離れてくれるかどうかわからない」

「おまえ……勝手に一人で」

朝斗は俺の頭を押さえつける。

「危ないじゃないか！」

「ごめん。あいつ、話せばわかりそうだったから」

「だからって……っ！　なにがあるかわからないんだぞ、ちゃんと僕に相談しろ！」

朝斗が本気で怒っている。感情表現が豊かになったのはいいが、泣きそうな顔で叱られるのはまいるな。

「ごめんって。今度からちゃんと言う」

「そうですよ、ヨルくん。妖怪は見た目じゃわからないんです。理屈が通じない相手もいますからね」

「ゴメンナサイ」

俺は神主にも謝った。なんだか両親に叱られているみたいな絵面がいやだ。

「それで、どうしますか、朝斗さん」

「はい」

朝斗は腕を組んだ。靴先で敷かれた玉砂利をいくつか蹴る。

「秋吉准一の死を証明することはできません。身元不明死体でもう処理されています
から。小学生の周平くんが父親の失踪届を出すこともできないでしょう」

「そうですね……」

「現状、彼がひとりぼっちであることを誰も証明できない。となると児童相談所もす
ぐには動けません。子供が危険な状態であることがはっきりわかるのならともかく」

「ああ、つまり、秋吉准一が殺されたことがわかればいいんですね？」

神主がぽんと手を打った。

「まあ、そうですが」

それが難しいって言ってんじゃん。しかし、神主はあっさりと告げた。

「秋吉准一を殺害、あるいは殺害を準備した人に自首してもらいましょう」

「そんなことができるんですか⁉」

神主は面の紙を少しゆらした。上向きの三角が、一瞬下向きになり、笑っているよ

うに見えた。

　神主は神社の横に回ると絵馬を一枚外す。

「そういうのにうってつけの妖怪《こ》がいます。凪」

　神主に呼ばれて凪がさっと前へ立つ。

「もう一度その事務所に行って、社長と呼ばれた男に接触してください。そしてこれを――」

　凪は絵馬に目を落とし、うなずいた。マントを翻し、鳥居に向かって駆け出す。背中が鳥居をくぐったとたん、見えなくなった。

「しばらくすればその人は警察に出頭するでしょう。その人が殺したのではなくても、秋吉准一さんの死が判明すれば警察は動きます。そして秋吉さんの死が確定できれば、児童相談所も周平くんを保護することが可能です」

「今のはなんの妖怪なんですか」

　神主は妖怪の名前を言ったが、俺たちはそれを知らないし、どうやって自首に持ち込むのか、よくわからなかった。

「ヨルくんは周平くんと一緒にいる妖怪のところへ行って、なんとか説得してきてください。周平くんは大人に保護されて幸せになることができると」

「う、うん……」

幸せ？　本当に周平は幸せになれるのだろうか。母がおらず父を今また失って、大好きなタロとも引き離されて。

朝斗じゃないけどなんだか気の毒になってきた。

「ヨルくん？」

俺は首を横に振った。

そうじゃない。このままだと周平は生きてはいけない。とりあえず大人に保護してもらって、幸せになるかどうかはそのあとの話だ。

「わかった、行ってくる」

「朝斗さん、あなたにはこれを」

神主は朝斗に白木の絵馬を渡した。

「万が一、彼が説得に応じず暴れたら……」

「わかりました」

朝斗は絵馬を篝火の炎にかざした。白木の絵馬は照り返しに赤く染まる。

俺はその夜、朝斗と一緒に周平のところへ向かった。

四

真夜中、猫の姿で周平のアパートの下で呼びかけると、黒い犬はドアをすり抜け、下りてきてくれた。

その日は満月で、犬の姿は夜の中に月光を跳ね返して、銀色に縁取られている。

犬は俺の横に朝斗がいるのを見て、警戒しているのか二メートル以上離れた場所にうずくまった。

「安心しろ。この人間は俺の相棒だ。朝斗というんだ」

俺は黒い妖怪に言った。

「アサト……？」

「よろしく。君のことはなんと呼べばいい？」

朝斗は愛想よく言った。敵意はないと両の手のひらを見せる。

「……タロ。しゅうへい、そうよぶ。」

「そうか、タロくんだね」

俺は一歩タロに近づいた。タロは同じ分だけ後ろにさがる。

「周平の父親のことがわかった」

俺はタロに言った。

「周平の父親、秋吉准一さんは死んでいた」

「しんだ?」

タロは犬らしく首を右に傾ける。

「そうだ。死んだ。だから戻ってこない」

「しゅうへいパパ、もどらない……しゅうへい、しあわせ、ない……?」

「そうじゃない」

俺はもう一歩近寄った。タロは動かなかった。

「人間が幸せになるのはパパの力じゃない。その人間の力だ。でも子供はまだ力が弱いから大人が守らないといけない。周平のパパが死んだことがわかったら、ほかの大人たちが周平を守りにくる」

「わかった。」

犬はうなずいた。なんだ、ものわかりがいい……。

「ほかのおとなたち、しゅうへい、まもりにくる。おれ、いっしょに、まもる。」

俺はちらっと背後の朝斗を見た。こういう説明は朝斗にしてもらいたいくちがった。

「タロくん。君は周平くんと一緒には行けない」

朝斗は穏やかに、しかしきっぱりと言った。

「周平くんはこれから大人たちと生きていくことになる。そこでは妖怪とは一緒にいられない」

妖怪に同情的だったわりには、朝斗の言葉は冷酷だ。それが事実だとしても。

「しゅうへい、いっしょ、ない……？」

「だがもしかしたら……」

朝斗はためらいがちに、しかし、希望をこめて言った。

「周平くんが大人になったあと、また君と暮らしたいと望むかもしれない。そうしたら……」

「しゅうへい、いっしょ、ない。」

犬はグルル……と牙をむいて唸りだした。

「いやだ、おれ、しゅうへい、いっしょ。」

「話を聞いてくれ、タロくん」

「しゅうへいパパ、しんだ。おれ、しゅうへいパパ、なる。パパはおや。こどもはおやの、もの。」

タロは大きく口を開ける。

「しゅうへい、おれのもの。」

言うなり、タロは跳躍し、アパートの二階へ飛び上がった。ばんっとドアをぶち破り、中に飛び込む。子供のかぼそい悲鳴が聞こえた。

「ま、待て！　タロ！」

俺は追いかけて階段を駆け上がる。部屋に入ると一〇倍ほどの大きさになったタロがいた。開いた口の中に周平を入れて窓辺に立っている。周平はぐったりとして気を失っているようだった。

（しゅうへい、つれていく。）

タロの言葉が俺の頭に流れてきた。

（どこかとおく、いっしょ。はなれない。しゅうへい、おれのもの。）

タロの足が窓を蹴った。大きな月の中にくっきりと犬のシルエットがよぎっていった。


「くそっ、なんでこんなことになるんだ」

朝斗は走りながら怒鳴っている。

「やっぱり、話し方がまずかったんだ」

俺は猫の姿で屋根の上を走って朝斗に応えた。

「一緒にいられないってのが禁止ワードだったのかな」

「先に行くよ！」

俺は朝斗を置いてタロを追いかけた。タロもまた住宅地の屋根の上を走っている。子供を一人くわえて屋根を蹴っているから、寝ていた住人たちは衝撃音に飛び起きているかもしれない。

タロは月の見える方向に走っていた。

「タロ！　止まれ！　周平が怪我をするぞ！」

俺は必死に呼びかけた。タロはいったん足を止めると、辺りを見回して屋根から降りた。俺もそこへ飛び降りる。

どうやらマンションの建設予定地らしい。あちこち掘り返してあって、資材がブルーシートに包まれている。昼間、轟音をたてて働いていた重機たちも、今は静かに眠っていた。

「タロ、周平を返せ！」

俺はタロに呼びかけた。タロは口の中から周平をそっと地面に下ろすと、頭を低くして俺を睨んだ。

「いやだ、しゅうへい、おれのもの。」

「周平はモノなんかじゃないぞ。周平は人間だ」

俺も頭を低くし、尻尾をピンと跳ね上げる。

「離れるのは今だけだ。周平が大人になって自分でいろいろ決められるようになったら、またおまえと暮らすと言うかもしれないじゃないか」

タロは大きな頭を小刻みに振った。

「しゅうへい、こども。しゅうへい、おとな。おとなのしゅうへい、おれ、いる、わからない……」

「それは——」

「いまのしゅうへい、おれ、すき。おとなのしゅうへい、すき、ちがう、だったら、こわい。」

タロの言うとおりだ。

人間の気持ちは変わる。大人になった周平がタロを必要とするかどうか、大切に思うかどうかなんてわからない。そんな曖昧なことを約束はできない。

「だけど、」

俺は猫の姿から人の姿に戻った。

「待ってみないか……？　周平がおまえを呼ぶかもしれない。おまえを思い出し、懐かしくなりまた一緒に暮らそうと言うかもしれないじゃないか」

「ゆう、ゆわない、わからない。」

犬は戦闘態勢を解かない。

「おれ、ずっと、ひとり、いっぴき。しゅうへいだけやさしい。うれしかった。うれしいきもち、はじめて。しあわせ。」

「うん……」

死にかけの子猫を抱いてくれた朝斗の手。俺も嬉しかった。手の温《ぬく》もりが優しかった。

「しゅうへい、いっしょ、いたい。」

どうして俺たちはこんなに人間に惹かれるのだろうね。人間の気持ちに触れて嬉しくなったり悲しくなったり。

「気持ちはわかるよ。俺もそうだったもん。だからきっと周平くんも大人になったら、俺と朝斗のように一緒に……」

「もう、だまれ！」

タロの足が地面を蹴った。俺に突っこんでくる。俺はとっさに猫に変わり、鉄骨の骨組みの上に飛び上がった。

ガイン、とタロが鉄骨にぶつかり、骨組みが激しく揺れた。

「ヨルッ！」

ようやく朝斗が追いついた。スリングショットをタロに向ける。

「ヨルから離れろ！」

パチンコ弾がタロの胴体に撃ち込まれた。しかし、タロの胴体は変形してその弾を避ける。こいつはもともと形を持たない妖怪なのだ。

「朝斗！　だめだ、それは効かない！」

タロが体をさらに大きくした。朝斗に向かって低くうなる。

「朝斗！」

俺は鉄骨から飛び降りた。空中で体を膨らませる。あいつを全て覆うくらいの大きさに。

どしん、と俺は勢いをつけてタロの上にのしかかった。タロは俺の下から身をよじって逃れようとする。その前に朝斗が立ちふさがった。

「タロくん、すまない……」

朝斗がつぶやく。手にした白木の絵馬をタロの眼前に突き出した。

「いやだ、しゅうへい。ずっと、いっしょ――」

タロの手が地面に横たわる周平に向かって伸ばされる。しかし、絵馬の表面が白く輝くと、その手もろとも、タロの姿は絵馬の中に写し取られていった……。

※

病院に運ばれた周平は、自分がなぜマンションの建築予定地で倒れていたのか覚えていなかった。検査の結果、軽い栄養失調だったため、しばらく入院することになった。親とは連絡がつかないので、大家が呼ばれ、駆けつけてきた。

大家が周平に犬のことを尋ねると、彼はきょとんとした。周平の中から犬の記憶がなくなっていた。

やがて父親、秋吉准一の死が判明し、周平は児童相談所に保護されることになった。児童相談所から保護施設に移動する日、衣服や勉強道具を取りに来た周平は、部屋に落ちていた手作りの犬の首輪……それはビニールを編んだものだが……を見つけた。周平にはそれがなにかわからなかったが、ひどく心を引っかかれるような気がして、ランドセルの中に入れた。

周平の父親の死が判明したのは、藤巻興業の社長が必死な顔で警察に駆けつけたせいだ。社長は何日も寝ていないようなドス黒い顔色で、目もうつろで、取り調べの前に医者にかからなければならないほどだった。

「助けてくれ」

社長は血走った目から涙を流した。

「全部話す、全部しゃべるからこれを……！」

社長は自分の腕を差し出した。そこには海岸の岩にとりつくようなフジツボに似たできものがたくさんあった。

「これをとってくれ！　こいつらを黙らせてくれ！」

社長が言うにはそのフジツボが昼夜を問わず囁くのだと言う。

「ヒトゴロシ、ヒトゴロシ、ヒトゴロシ……」

取り調べを担当した刑事の耳にはそんなものは聞こえず、ただのできものに見えたのだが、社長の腕には切り傷がたくさんあった。自分でナイフで傷つけたのだ。

このままでは両手を切り落としてしまいたくなる、と社長は泣いた。

警察に拘留され、自供を始めると、フジツボのようなできものは次第に消えていった。

＊

はざまの神社で神主は絵馬を元に戻した。その絵馬には無数のフジツボの絵が描かれている。そのフジツボには舌があり、とりついた人間が心に隠していることをしゃべってしまうという。舌壺《したつぼ》という妖怪だと神主は言った。

「あまり近寄りたくない妖怪だね」

俺が言うと神主は一本だけ縦線が引かれた面の紙を揺らした。

「周平くんはタロのことを結局思い出さなかったそうです」

朝斗はどこか疲れた声で言った。何度か周平の入院している病院に行ったり、大家に聞いたりして周平の様子を確認していた。

「やっぱりタロが化けて襲ったのがショックだったのかなあ」

「そうかもな」

俺はしょぼくれている朝斗の背中をパンパンと叩いた。

「いつか思い出すよ、きっと」

「ええ、時がくればきっと」

神主も朝斗を慰める。

フジツボの妖怪絵馬のそばに、黒い犬の絵が描かれた絵馬がある。神主はそれを「泥狗坊《どろくぼう》」と呼んだ。たった一体で孤独の中を彷徨っていた妖怪。

絵馬から神主の前に召喚された泥狗坊――タロは、過去に戻らず絵馬で眠ることを望んだ。

「おれ、しゅうへい、こわがらせた。おれ、しゅうへいに、わるいことした。しゅうへい、おれのこと、きらいになる……。」

タロはそう言って泣いた。

「おれ、ねむる。しゅうへい、ゆるしてくれるまで、ねむる。しゅうへい、ゆるしてくれたら、またあいにいって、いい？」

周平の中から恐怖が消え、懐かしさや愛だけに満たされたら、記憶は戻るかもしれない。タロはその奇跡のような夢のような希望にすがって眠りに就いた。

「俺、ときどき周平の様子、見にいっていい？」

俺は泥狗坊の絵馬に触れ、神主に聞いた。

「はい、もちろんです。そしてタロのことを尋ねてください。子供のころに飼っていた犬のことを覚えているかと」

はかない望みを抱いて絵馬で眠る妖怪のために。

「その日まで希望を持って……泥狗坊だけに」

俺がそう言ったとたん、神主は絵馬に顔をぶつけ、ガチャガチャと派手に音を鳴らした。

終

時が過ぎ、秋吉周平は八〇歳になっていた。

今は老人ホームで暮らしている。ホームは娘が探してくれた。個室があり、周平のように体の自由がきく人間なら好きなように過ごさせてくれる。ペットを飼うこともできるし、夫婦で入居しているものもいる。利用者の尊重を第一に考えた、というのが売りの施設だった。

小学生のときに一緒に暮らしていた父親を失い、児童養護施設に引き取られ、高校を卒業してからは奨学金で大学に通った。

公務員試験に合格し、区の職員として精一杯働いた。妻とも職場で出会い、一男一女をもうけることができた。それからまた働いて、子供と遊んで、妻と過ごして……年をとった。幸せな人生を歩んだ方だと思う。

今は車椅子の生活になったけれど、穏やかな心持ちだ。

しかし、最近、なにか足りないような気がしていた。いつもそばにいたなにかがいないような。

（――、――）

なにかの名前を呼んだような気がした。大切な友人？　家族？　けれどその名が耳に届く前にうたた寝から目覚めたので、名前は消えてしまった。

周平の目の前に子供が立っていた。小学生くらいだろうか、利発そうな愛らしい子供だ。

「おや、どうしたんだい、こんなところで」

周平がいたのは施設の内庭だ。車椅子で庭に来て、春の日差しの温かさに居眠りをしてしまった。こんなところに近所の子供が入り込むわけがない。面会にきた誰かの孫だろうか？

「秋吉周平さん」

その子は周平の目を見て言った。

「タロを覚えていますか？」

「タロ……？」

周平は首を傾げた。

「タロ……」

懐かしい気がした。遠い昔にその名を呼んだ気がした。

「タロ……タロ……」

不意に。

曇った窓ガラスをぬぐったように、記憶がよみがえった。手に押しつけられた温かい鼻先、耳に残るあの声。寒い夜に一緒にまるまったあの温もり。そうだ、俺は犬を飼っていた。犬と一緒にいたじゃないか。

「タロ！」

大声で呼ぶと子供の後ろから、黒い犬が飛び出してきた。犬は周平の周りを踊るように飛び跳ね、車椅子の膝に足を乗せた。

「タロ……おまえ……おまえなのか？」

タロは周平を見上げてわん、と吠えた。巻かれた尾が激しく振られる。

「周平さん、タロと一緒に暮らせますか？」

「あ、ああ、ここはペットが大丈夫なホームだから……」

周平は答えてはっと少年を見た。

「君──昔も俺のところに来なかったか？」

少年は黙ってほほえんだ。

「俺が区役所に勤めた頃……それから子供が生まれてから……」

そのときもそう聞かれた。タロを覚えていますか、と。

でもそのときは。

「あなたは忘れていた。でも、今、思い出してくれた。タロはずっと──ずっと待っていたんです」

「そんな……ばかな……」

あれは四十年も六十年も前のことだ。同じ少年のはずがない。同じタロのはずがない。

「タロはあなたと一緒にいたいんです。いさせてやってください」

周平は犬を見た。あまりに早く激しく振るので尻尾が見えないほどだ。灰色の目が必死に見上げてきた。

周平は犬の頭に手をおいた。掌にすっぽりと入る小さな頭。柔らかな毛並み。温かな体。

「しかし俺は……俺はもう年だ。今さらタロを飼ってもまた一人にしてしまう」

「大丈夫です。そのときは俺が引き取りにきます。そうしたらタロは……」

タロは周平の膝に手をかけたまま少年を振り返った。少年はそのまなざしに黙ってうなずいた。

「タロはあなたとの幸せな夢を抱いて眠ります。だから最後までどうかタロをよろしくお願いします」

タロが周平の手の甲をなめる。そのタロに視線を向け、再び目をあげたときには少年の姿はなかった。

「……タロ……?」

黒い犬はほんとうに昔飼っていた犬に似ている。犬がそんなに長生きだとは思えないからきっと違う犬だろう。けれど。

「タロ」

犬はわん、と返事をした。周平は身を屈めて犬を抱きしめた。

「一緒にすごそう。最後まで」

あの少年の日。おまえだけが友人だった。おまえだけが家族だった。

たった二週間だったけど、過ごした長さなんか関係ない。俺はおまえが大好きだった。おまえも俺が大好きだった。

「タロ。会いたかった……」

黒い犬はうっとりと目を閉じ、周平の腕の中で幸せなため息をついた。

第三話　探偵に傘はいらない

序

夢を見ていた。

女の子の夢だ。

この子は知っている。脳に小さな腫瘍を抱えてて、それを取り除くために手術を待っている子だ。

名前は確か……玲《ほまれ》ちゃん……。

玲ちゃんはウイッグのカタログを見ていた。今はショートカットにしている髪を、手術になったら剃らなければならない。手術が終わったら髪が伸びるまでウイッグをつけるのだそうだ。

「こっちもかわいいけどぉ……これもいいな。今まで肩より長いロングにしたことなかったから、このさい、冒険してみようかな」

ね？　とこちらを見上げる。

俺は女の子にこんなふうに下から見上げられたことはない。だからこれは朝斗の夢なんだな、と思う。

「先生、絶対治るよね？」

玲ちゃんは笑いながら、けれどその瞳にはどこか必死な色を浮かべて言った。

「治ったら、先生とデートしたげるね」

その笑顔がじょじょに石に変わってゆく。白く硬く、柔らかな頬も輝く目も生気を失ってゆく。

——玲ちゃん！

俺はベッドの上の少女に手を伸ばした。けれど少女の姿はどんどん小さく遠くなってゆく。

——玲ちゃん、これは夢だ。

俺は叫んでいた。夢だから覚める筈なんだ。玲ちゃん、起きて！　起きて目を開けて！

これは夢だ……朝斗が見ている夢なんだ……。

ひどい目ざめで俺は朝から疲れ果てた。

寝ているときは大体猫の姿なので、朝斗を起こさずに布団から出ることができる。横たわる朝斗を見ると、その寝顔は穏やかだった。

俺が朝斗の夢を代わりに見たのかもしれない。

朝斗が逃げ出すことになった手術ミスの少女……。朝斗がずっと背負っていかなければならない罪の形。

「夢くらい俺が見てやるよ……。寝ているときだけでも忘れていればいい」

俺は頭を朝斗の頬に擦りつけた。朝斗の手が無意識に動いて俺を抱き寄せる。

俺は尻尾を体に巻いて、もう一度眠りにつく体勢に入った。

一

「今回はちょっと遠出をしていただきたいんです」

俺と朝斗は凪に呼ばれて、はざまの神社に来ていた。いつものように紙を顔の前に下げている神主が、少し申し訳なさそうに言う。

俺たちを連れてきた凪は、神主が社から下りてくると、その背後に回って階段に腰を下ろした。

いつもと同じ黒いマント、下にはたっぷりのフリルが重なったゴスロリスタイル。そのスカートを広げて大きく足を開く。ミニならパンツが見えているところだが、わさわさのフリルがそれを隠していた。

「遠出ってどこまでですか？」

朝斗は別に遠くても近くてもかまわないという顔で聞いた。神主の顔の紙には黒丸が三つ縦に並んだ模様が描かれている。それを揺らして答えた。

「M県です」

予想外の答え。本州から離れることになろうとは。

「それは――遠いですね。飛行機で行くしか」

「ええっ！」

俺は叫んで首を振った。旅に出るなら俺は猫の姿になって旅費を浮かすつもりだった。しかし、猫を飛行機に乗せるには、確かキャリーに入れられて貨物室預かりだった筈。

「すぐにチケットが取れるかな……」

朝斗は手元のスマホを操作し始めた。俺はその彼の腕を持って振り回す。

「飛行機高いじゃん！　新幹線で行こうよー」

列車なら多少は安いので席に座っていられる。貨物室に閉じ込められるなんてまっぴらだ。

「新幹線だと乗り換えもあるし一〇時間近くかかるぞ？」

「いいじゃん、電車の旅サイコー！　駅弁も食えるしさ！」

「騒がしいぞ、化け猫」

凪が低い声で唸る。俺は不機嫌そうな少女にシャアッと敵意を吹きかけた。

「できるだけ早く行っていただきたいのですが」

神主は両手を着物のたもとにいれ、顔の紙を左右に揺らした。

「飛行機だな」

朝斗の決意は変わらなそうだったので、俺は諦めた。だけど、貨物室はいやだ。

「……じゃあ、人間の姿で行っていい？」

俺の言葉に朝斗はきょとんと目をみはる。

「もちろんだ。誰もだめだなんて言ってないだろ？」

「だって……人間二人だと高くなるじゃないか」

朝斗と神主が顔を見合わせる。もっとも神主の目がどこにあるかはわからないが。

朝斗は苦笑して言った。

「そんなこと心配するなよ。飛行機代くらい出せるさ」

「そうですよ。別にきちんとお支払いしますから」

「そ、そう？　ならいいけど……」

なんだ、俺の先走りだったか。そういや妖怪探しを始めてからは、少しだけ懐が暖かいものな。

凪が「はんっ」と鼻から勢いよく息を吐く。何も言わないけど馬鹿にされたことはわかった。

「お願いします。今生まれた場所に戻っているようなので」

神主は懐から紙と細い筒を取り出した。筒には筆が入っていて、それを使ってさらさらと何か書きつけた。矢立という昔の筆記用具だそうだ。

「戻って？　じゃあどっか行ってたってこと？」

妖怪も長距離移動するんだ。

「はい。一〇年ほど姿が見えなかったのですが、最近また戻ったと情報が入りました。ただ、ずいぶん力を失っているようなので、こちらで保護したいと思います」

「それってやっぱり妖怪ネットワーク情報なの？」

一度その情報源とやらに会ってみたいな。

「こちらがそれのいるらしい場所です」

神主は俺の質問には答えず紙を朝斗に差し出した。住所と目印が書いてあるようだ。

「場所がわかっているなら凪でいいじゃん？」

俺は神社の階段に座って不満そうな顔をしている凪を見た。凪は膝の上に両の肘をのせ、頬杖をついている。

「凪もそう思う。なぜ凪を行かせないのだ、主さま」

神主はいったん凪のほうに顔を向けたが、ゆるやかに首を振った。

「凪では……難しい部分があるんです」

「難しい？」

この怪力女で難しいとなると、よっぽどでかいものなのだろうか？　しかし、神主の言葉は俺の予想と違った。

「おそらく、その場所には人がいます」

「人が」

「はい。その人の話を聞いてほしいのです。そうすればその妖怪は現れるでしょう」

ああ、なるほど。それは凪には無理そうだ。こいつは人の話を聞く耳を持ってそうにない。

俺の考えを見抜いたのか、凪がものすごい顔で俺を睨んでくる。俺はあっかんべえと舌を出してやった。

「どういう人なんですか、その人は」

朝斗が聞いたが神主は首を振るだけだ。

「それはわたしにもわかりません。探してもらう妖怪に近い人、としか。結局はその人を捜す仕事になるでしょう。そういうのも凪には向いていませんので」

凪には向いていない、と言われるたびに、凪が悔しそうに唇を歪める。普段無表情だが、神主の発言にだけは表情豊かだ。

「わかりました。少し時間がかかりそうな案件ですね」

「はい。準備が出来次第、取り掛かって下さい」


そんなわけで俺たちは飛行機でM県に入った。空港からJRの駅まではバスで三〇分、そこからローカル線に乗り換える。列車はともかく飛行機は初めてで、俺は静かにはしゃいでいた。

「わあ、すっげえ。雲がずっと下にある。もっこもこだ！　降りられそうだ！」

飛行機の窓から眼下に広がる雲を見ては叫び、

「ガタガタしてるッ！　落ちる⁉　落ちない⁉」

気流の揺れで叫び、

「オレンジジュースとコンソメスープ？　どっちも欲しい！」

キャビンアテンダントのお姉さんにおねだりし、

「飛行機のおもちゃもらった！　朝斗の分は？　え？　俺だけ⁉」

と、むりやり二つもらったりした。

「おまえ、やっぱり子供だなあ」

朝斗が呆れた顔をする。俺はその顔を掌で押した。

「俺を子供の姿にしたのは朝斗だろ」

「そうだけどさ」

「朝斗は子供のときも大人しくしてたんだろ」

俺が意地悪く言うと朝斗はむっとした顔をした。

「仕方ないだろ。はしゃぐと怒られたんだから」

「だ、か、ら、今俺が代わりにはしゃいでるんじゃんか。朝斗は俺につきあえば一緒にはしゃげるってわけだ」

「なんか……ずるいな、それ」

そんな快適な空の旅が終わり、今度は列車の旅となる。目的地はM県の中でもかなり田舎の方だ。

列車に乗って一〇分もすると両側にはなにもない大地が広がり始めた。田んぼだ。

まだ田植えの始まっていない田んぼが線路に沿ってずっと続いている。広い。こんなに広い、なにもない大地を見るのは初めてかもしれない。

「すごいなあ。ここ全部がお米になるんだね」

「そうだな」

「あ、でかい鳥！」

白鷺だ。真っ白な翼を広げて田んぼから飛び立ってゆく。俺は窓にへばりついて、鳥の飛ぶ先を、広い空を見つめていた。


目的地の駅で降りると、朝斗は近くのビジネスホテルに宿をとった。何日かかるかわからないのでとりあえず二泊。今日中に見つかれば一泊して明日の朝に帰る予定だ。ツインの部屋は広くはないが、清潔でシーツもパリパリしていた。フロントで神主から教えてもらった場所への行き方を聞くと、タクシーかバスしかないようだった。

「バスだと停留所からけっこう歩きますね」

こんな場所に何の用事が、という疑問も顔には出さず、フロントの人は親切に教えてくれた。

ホテルを出て駅前を歩く。観光地というわけでもないこの場所には、土産物屋もなく、何軒かの飲食店と衣料品店、それに和菓子屋くらいしかなかった。生ぬるい風が、広い道路を渡っている。人の姿もあまり見ない、寂しい町だ。

俺たちは自動販売機でペットボトルの飲料を買い、バスに乗った。神社からはとりあえずの交通費をもらっているが、何日かかるかわからないから節約はしておいた方がいい。

はざまの神社の神主から教えられた場所は、バスを降りて二〇分ほど歩いた先の、大きな川のほとりだった。

目印として橋の名前を聞いていたので、ネットで探してその河原へ下りる。河原には左岸と右岸があるわけで、捜すとなるとこの岸辺は広大すぎた。

夏には背の高い草でいっぱいになるだろうここは、今はヒメジオンやカワラナデシコなどの小さな花をつけた草ばかりだ。

「人っ子ひとりいないじゃん」

俺は広すぎる空と広すぎる草地を見渡して、ため息をついた。

「人の話を聞けって言ったって、その人がいつ現れるかもわかんないのに、これじゃあ妖怪一体捕まえて五〇万たって割にあわないぞ」

「そうだなあ、何泊することになるかなあ」

朝斗は案外いやそうでもない。腰に手を当てて河原を見回している。

「こんな田舎で何泊も？　ケンタッキーフライドチキンとかあんのかな。バスでここにくる間、コンビニだって一軒しか見かけなかったぞ」

　俺は不安を口にした。チキンが喰えないなんて辛すぎる。

「そう言うなよ」

　俺は足元の小石を拾って川に投げた。石はぼちゃんと流れに落ちる。

「朝斗だって喫茶店がないとコーヒー飲めないぞ」

　朝斗も石を拾うと水に放る。朝斗の石は俺のと違って流れの上を一回跳ねた。得意そうな顔をする朝斗が忌ま忌ましい。俺は小石を拾い集めた。

「そんなこともあろうかと、まめや特製ドリップバッグを一〇袋持ってきている。一週間は大丈夫だ」

「そんなことあったら困るだろうが。っていうか、そういうことだけ準備いいとか、ふざけんな」

　結局俺たちは河原を何度も往復し、風に吹かれ、水きりや、背の高い草の間でかくれんぼ、拾ったボールでキャッチボールなんかをして遊んで——いやいや、お仕事して過ごした。

　暗くなってからは河原の張り込みを切り上げて、バスで駅前に戻り、居酒屋に入って飯を喰った。

ビジネスホテルに戻り風呂を使う。外で買ってきたジュースやビールを開けて、いい気分になる。ただテレビのチャンネルが四局しかないってどういうことだ？　田舎ってそんなもんなの？

ホテルの窓からの夜景はぽつりぽつりと灯りが見えるだけで、ほぼ真っ暗だった。星はきれいに輝いていたけれど、なんの音もしない夜は町にだれもいないような気がして心細くなる。

朝斗は河原で遊んだせいか疲れてすぐに寝てしまった。俺は猫の姿になると、朝斗の胸と腕の間に収まって丸くなった。

翌朝、朝食をとると、俺たちは弁当を仕込んでまた河原に出かけた。カレンダーでは今日は土曜日だ。昨日誰もいなかったのは平日だったからで、土日ともなれば河原も人が大勢……と思ったけど、やはり誰もいそうにない。

朝斗は草の柔らかな土手に寝転がってスマホで電子書籍を読み始めた。俺は猫の姿になり、鳥や虫を追いかけて遊ぶ。有意義なのか無意義なのかわかんないけど、南国の川辺は暖かく、のんびり過ごすにはいい場所だった。

朝斗が一冊読み終わる頃にはお昼になり、俺は人の姿に戻って一緒に弁当を食べた。

それから腹ごなしにぶらぶらと歩く。

朝斗の言うように、ほんとに一週間こんな生活が続くのだろうか、と俺はいささかうんざりした。

「……おーい……」

風に乗って誰かが呼ぶ声がした。元は猫の器の俺だ、朝斗より耳がいい。

「朝斗！　誰か呼んでる！」

「え？」

俺たちは河原を見回した。すると対岸に誰かが立っているのが見えた。男の人だ。地元の人間だろうか？

「あれか？」

朝斗は両手で目の上にひさしを作り、対岸を見つめた。

「この誰も来ないような河原にわざわざ来るんだから、そうじゃないの？　それにこっちを呼んでいるし」

俺も爪先立って見る。顔まではっきりわからない。

「なんで呼ばれてるんだろう？」

「わかんない。聞いてみればいいよ」

俺たちは橋を渡るために急いで土手に向かった。男の人は水の流れているところ、ぎりぎりの場所に立っている。

「おーい……」

また声が聞こえた。なんだか切なくなるような声だった。

橋を越え、向かいの土手から河原へ下りる。男の人の背中が見えた。綿のシャツに紺色のカーディガンを羽織り、ちょっとそのへんまで散歩に来たというような、スリッポン履きだ。

「あのぅ、」

朝斗が声をかけると、びくっと肩をすくめ、勢いよく振り向く。優しげな顔をした人で、年は朝斗よりちょっと上というところか。

「今、僕たちのことを呼びました?」

朝斗は自分を指さし、それから俺に目を向けた。男の人は不思議そうな顔で俺たちを見つめる。ややあって、はっと気づいた様子で手を振った。

「あ、いや、いえ。ぜんぜん……あ、すみません。もしかしてそれでここへいらしたんですか?」

なんだ、呼んでなかったのか。でも。

「おーいって呼びかけられたと思って」

朝斗が言うと男の人はぺこぺこと頭を下げた。

「す、すみません！　そうじゃないんです。呼んでないです。いや、呼んでたんですけど人じゃないっていうか……」

なんだか気弱な人だな。でも今、気になることを言ったぞ。

「人じゃないって……まさか妖怪、とか？」

朝斗が言うと、その人はぎょっとした顔になった。

「よ、よ、妖怪って、あんた、なにバカなこと……」

あ、この反応はビンゴだ。いきなり妖怪なんて言われたら普通の人はきょとんとするか、聞き間違えたのかと思うだろう。こんな、怯えたような返しは妖怪って存在を知っているということ。

「妖怪を呼んでたんですね？」

朝斗も同じように思ったらしい。スタスタと男の人に近づいた。男の人はうろたえて後ろに下がるが、背後は川だ。

「あなたがそうなんですね。あなた、妖怪を飼ってるんですか」

「ち、違いますよ、飼ってない、いなくなってしまって……」

男の人はあわわ、と口をふさぐ。あ、だめだこの人。嘘がつけない人だ。

「おじさん、大丈夫だよ。俺たちは味方だから」

俺は男の人を見上げて言った。怖がらせないように子供らしい笑みを浮かべてみる。

「妖怪のこと、よく知ってるんだ。俺たち、東京からおじさんに会いにきたんだよ」

「と、東京から?」

男の人はそっちの方により驚いた顔をした。無理もない。ここから東京は外国並みに遠すぎる。

「じゃあ、あんたたちはあれを見つけてくれるのか? 僕はあれに……彼に謝らなきゃいけないんだ。謝りたいんだ」

男の人は打って変わって熱心に朝斗に迫った。

「いなくなったとおっしゃいましたね」

「うん……いつもそばにいたのに、今はいない。いないのがわかるんだ。きっと僕に愛想を尽かしたんだ。僕は彼にひどいことをしたから」

がっくりと肩を落とすその人は、今にも泣き出しそうに見えた。

「……話を聞かせてもらえませんか? その、妖怪のこと」

朝斗が穏やかに言う。話の主題が妖怪だということ以外は、カウンセラーのように人を落ち着かせる声だった。朝斗が医者だったころは、声が素敵と患者さんや看護師さんたちに人気だったんじゃないかな。

「話……。話といってもどう話せば……」

彼は目を泳がせる。まあ無理もない。俺たちは初対面だし、なんせ妖怪の話なんて、普通の人間はしたことがないだろう。だから。

「最初からだよ」

　俺は言ってやった。

「そいつと会ったときから、いなくなったときまで全部」

　男の人は俺に情けない顔を向けた。

「長い話になるけど……」

「いいよ。俺たち弁当も食ったし、飲み物もお菓子もあるよ」

「……」

　男の人は気弱げな笑みを浮かべ、俺から川に目線を移した。

「はじめて会ったのは……そうだね、君くらいの年のころだったよ……」

二

　僕の名前は清水碧生《しみずあお》。この土地で生まれ育ったんだ。なにもない、穏やかなこの町で、平凡な小学生時代を過ごしていた。

だけど六年生のある日、奇妙なものを見つけた。

学校からの帰り道、なにげなく河原を見ると、橋のそばの一ヶ所だけに雨が降っていたんだ。

一ヶ所って一ヶ所だよ。ちょうどその頃の僕が手を広げたくらいの広さ。よく見ないと誰も気づかなかっただろうな。でも僕には見えた。その場所だけ、緑の葉がきらきらしていたからね。

僕は土手を滑り降りて近くまで行ってみた。すぐそばで空を見上げてみたけど、空は青空で上に黒雲なんてない。

そっと手を差し入れると、手のひらの上に雨がたまった。少し生ぬるい以外は、ほんとに普通の雨だ。

僕は面白くなってその雨の中に入ってみた。

両手を広げて空を見上げてみた。

雨は銀色の糸みたいにあとからあとから降ってくる。どうも空中の途中から降っているみたいだった。

その雨はとても優しくて温かかった。

「へんなの」と僕は雨の中で言った。

「でもきれいだ」と僕は雨に言った。

それから雨を出た。土手を上がって振り返るとその部分だけ雨はまだ降っていた。

僕は雨に「バイバイ」と手を振って、家に帰った。

そのときからだ。僕がその雨、アメフラシに取り憑かれてしまったのは。


「アメフラシ？」

俺はその男の人、清水さんに聞いた。

「それがその妖怪の名前なの？」

「いや、わからない」

清水さんは首を振った。

「ただ、名前がないと不便かなと思って、そう名付けたんだ。別に呼んでも返事はしないけどね」

「それでどうされたんですか？」

朝斗が話をうながす。清水さんはうなずいて話を続けた。

最初、アメフラシに取り憑かれたことなんてわからなかった。ただ、いつもなにかイベントがあるとき雨が降っているなと思った。

体育の授業のときもよく雨が降ったな。サッカーとかできなくて困ったよ。なにか僕が楽しみにしていると雨が降るみたいだった。友達の家へ行くって時も、僕が歩いている間だけ雨が降ったりしてね。

そのうち友達も気づいたんだろうな、僕のことを雨男と言ってからかうようになった。

大事なときに雨が降るのは困るけど、僕は雨を嫌いにはなれなかった。雨はいつもどこか優しかった。僕が悲しいときはそっと降って、悔しいときは同調するように激しく降った。僕が泣くと慰めるように柔らかく降った。

小学校を卒業し、中学に入る頃になると、雨はそんなに僕の邪魔をしないようになった。

そんなに、とは言っても、やっぱり運動会は何度か延期になったし、修学旅行の出発の日も雨だったけどね。

でも、晴れが続いて一雨ほしいなと思うと降ってくれるようになった。そういうときはなんだか喜んでいるように、地面に雨が跳ね上がり、僕の傘の上でも楽しげな音が鳴った。

普通の雨とその雨の違いもだんだんわかるようになっていた。その雨……自然現象に区別なんかはないだろうけど、僕はなんだか僕の周りに降る雨は特別なような気がしていた。

時々僕はこの河原に来た。河原に座って川の流れを見ていると、いつのまにか隣に雨が降っていることがよくあった。

狭い範囲で日の光の中で降っている。日差しに水滴が反射してキラキラときれいだった。僕はそれを見るのが好きだった。

それは存在している。きっと生きている。僕はそう思うようになった。アメフラシという名前をつけたのもその頃だったと思う。

そうして高校へ進み、やがて大学受験を終え、僕は大阪の大学に入ることになった。出発する前日に、僕はこの河原に来てアメフラシに別れを告げた。さようなら、でもまたいつか戻ってくるよ、と。


「それでこの土地を離れたんですね？」

俺たちは河原の草の上に座っていた。三人で足を投げ出し、はた目には随分と仲良しに見えることだろう。

「ええ、向こうで就職して結婚もしたので、戻ってくるのにずいぶんと時間がかかりましたが」

「ときどきは帰省して会ってたんじゃないの？」

「それがねえ」

清水さんはおかしそうな顔をした。

「アメフラシのやつ、ついてきてしまったんだよ」


大学に入ってマジックサークルに所属した。もともとインドア派だったし、集団でなにかやるというのが苦手だったから。

そのサークルは結構本格的で、幼稚園や老人ホームに慰問にも行っているようなところだった。

その慰問の日も雨が降っていた。この雨は普通の雨だと僕にはわかっていた。大阪に出てきて半年、川原で別れを告げて以来、僕の雨は降らなかった。

普通の雨は遠慮会釈もなくざんざか降って、施設の前で車から道具を下ろすときもびしょびしょに濡れた。

このときは僕のデビュー公演でもあったんだ。初めてサークルの仲間たち以外に披露する日。何日も練習して、僕はかなり緊張していた。

今でもあの介護施設のことは覚えているよ。雨の中の白い建物。ガラス窓の内側に入所している人たちが立って手を振ってくれていた。

施設の入り口の紫陽花《あじさい》が、重たげな頭をいくつもうつむかせていたことも覚えている。紫陽花の花が大きな水たまりに写っていて、紫の池のようだと思ったものだ。

僕の演目は全部で五つ。コインマジックが二つにカードマジックが二つ、それからロープマジック。

広いホールにたくさんのお年寄りがいた。パイプ椅子や車椅子に座ってね。職員の人たちは壁際に立って、拍手したり声をかけたりしてくれた。

先輩たちは何度も演じているのでトークも滑らかだし、元気のいいお年寄りを壇上に招いて楽しませていた。でも僕はとにかく緊張してて、段取りのことしか頭になかった。

さて、いよいよ僕の番になった。

コインとカードはうまくいった。僕はそれでほっとして油断をしていたんだろうね。あと、座っているお年寄りたちが、先輩たちのときほど乗っていないのもわかってて、どこかいい加減な気持ちが出たのかもしれない。

お客さんが乗ってくれなかったのは、僕の演技がつまんないからだってわからなかったんだけど。

それで僕は手の中からロープを落としてしまった。床の上にタネを落としてしまったんだ。

頭の中が真っ白になったよ。体がこわばって動くこともできなくなった。先輩が舞台の袖でなにか手で指示しているのも一瞬、意味がわからなかった。だけどやがてわかった。床の上のロープを回収しろと言っているのだ。

そうだ、回収だ。だけどこのまま拾うなんてみっともない。みんなの目を、意識を少しでもそらせないと。

そのとき、僕の目に窓の外の景色が飛び込んできた。ざんざんと降っている雨。

「あ、あの！」

僕は顔をあげ、お年寄りたちに叫んだ。

「今から雨を止ませます。うまくいったらご喝采！」

僕はそう言って窓の方を向いた。

「雨よ、止め！」

狙い通り、お年寄りたちは窓の方を向いた。僕はその隙に急いで散らばったロープを拾い集めた。それで言うつもりだった。

「やっぱり雨を止ませるなんて無理でしたねー、すみませーん」って。

ところが。

「あっ、見て！」

職員さんの驚きの声。

「雨が」

車椅子に乗っていた老婦人が声を上げる。

「雨が」

うつらうつらしていたおじいさんが声を上げる。

「雨が！」

止んでいた。あんなに降っていた雨があがっている。

「え……」

日差しが窓ガラスに差し込んで、雲の間から青空が見えていた。

「すごい！」

職員さんが拍手してくれた。それにあわせてお年寄りたちも拍手してくれた。万雷の拍手。今までの先輩たちのマジックよりも大きな拍手。

僕はロープを持ったまま呆然としていた。

「雨を止ませたのは、つまりアメフラシ？」

俺が言うと清水さんはこくりとうなずいた。

「そうとしか思えなかったよ。でも、アメフラシは自分が降らせた雨を止めることはしてきたけど、普通の雨を止めたことは今まで一度だってなかったんだ」

「清水さんのために止めたってこと？」

「うん……。雨が止んだのはほんの五分ほどで、帰るときには元通り大雨だった。でも僕はその雨の中にアメフラシの気配を感じた」

清水さんは空を見上げた。空は白っぽく曇っている。寒くはないが、ふさぐような雲ばかりの空は淋しく見えた。

「その日からアメフラシはまた僕と一緒にいるようになった。ついてきちゃったのかい？　と言っても返事をするわけでもないけどね。アメフラシは気ままに雨を降らせて、僕は傘の中で彼との会話を楽しんだ……ほんとに話すわけじゃないけど、僕の言葉は聞こえているような気がしていた」

それから大学も卒業して大阪で就職した。それで同僚の百瀬《ももせ》さんという女の子と親しくなった。

僕は百瀬さんが好きになった。彼女と一緒の将来を思い描くまでになった。何度かデートして、百瀬さんも僕に好意があると確信して、僕はようやく、やっと、ついに、告白することにした。

その日、僕は空に向かい、真剣に頼んだ。

「今日だけは雨を降らせないでほしい、僕の一生がかかっているんだ！」

もちろん雨が悪いものというわけではないけれど、植物園に行くんだから降らない方がいいだろう。

アメフラシは心得たのか、その日は雨が降らなかった。

待ち合わせ場所に現れた百瀬さんは今まで見たなかで一番かわいかった。前日に美容院に行ったのか、髪型も違うし、服だってなんか、よくわかんないけど、一番かわいかった。ごめん、語彙《ごい》が少なくて。

僕は百瀬さんに「今日はすごくかわいいね」と言った。百瀬さんは「今日だけですか」と意地悪を言う。僕は「昨日も一昨日《おととい》もかわいいし、明日も明後日《あさって》もかわいいよ」と必死に言った。

百瀬さんは「ばか」と言って笑った。僕は心臓が痛いくらいだった。

そしていよいよ、僕は百瀬さんに告白しようとした。

場所は恋人たちが愛を誓えば永遠になるって評判の、パワースポットのバラのアーチの下。

だけど。

そこで黙られてしまって俺は焦った。なんだよ、ここまできて〝続く〟なんてないぞ。

「だ、だけど？」

「僕は肝心なときに勇気がなくて」

清水さんは眉を下げ、気弱げに笑う。

「何度も言おうとしたのに言葉が出なくて、そのうちそのアーチには写真を撮りに他のカップルがやってくるし、僕らは仕方なくそこをどいたんだ」

「かーっ！」

俺は手を目にあててのけぞった。

「なにやってんだよぉ」

「こら、ヨル！」

朝斗が叱るが仕方ないだろ、そう言っちゃうのは。

「まったくだよ、なにやってんだよって……たぶん、彼もそう思ったんだ」

アーチからどいたあと、僕らは二人でしょんぼりした気分になった。彼女もたぶん、期待してきていたと思うのに、僕は自分が情けなかった。そのときだ。

いきなり植物園に雨が降ってきた。しかもどしゃぶり。

植物園にいた人たちは悲鳴をあげて屋根のある場所に逃げ出した。

僕は空を見上げた。空の真ん中からシャワーみたいに雨が降っていた。

アメフラシだ。

そう思ったとき、耳元で彼の声が聞こえた気がした。
(イケ)
僕はその声に背を押されたように、百瀬さんの手を握って雨の中に飛び出した。

「清水さん！　雨が降ってるわよ！」

百瀬さんは悲鳴をあげていたと思う。痛いくらいの雨だった。

僕はかまわず百瀬さんをバラのアーチまでひっぱってきた。

「百瀬さん！」

僕が口を開いた瞬間、まるで蛇口をひねったかのように雨がぴたっと止んだ。

「清水さん、雨が……」

百瀬さんは空を見上げ、僕を見た。百瀬さんのピンクの頬に水滴が光っていて、僕はどんなバラの花びらより、百瀬さんの頬が美しいと思った。

「結婚してください！」

僕はそう言った。百瀬さんのピンクの頬がたちまち真っ赤になった。

「僕と、結婚、してください」

二回目の言葉は震えてしまった。でも百瀬さんはコクリとうなずいてくれた。

「百瀬さん、ほら」

僕はうつむいている百瀬さんの肩に触れて空を見させた。そこにはきれいな小さな虹が出ていた。

それは自然の虹ではなく、アメフラシが作ってくれた虹だということは、僕にはわかった。だって、虹がかかる位置にだけ弱い雨が降っていたから。

百瀬さんは気づいていないようで「きれいね」と涙ぐんでいた。

僕は心の中で「やった！」と拳を握っていた。

「ヤッター！」

俺もそう言った。朝斗もぎこちなく微笑んでいた。

「粋なことするじゃん、妖怪のくせに」

「うん」

清水さんは照れくさそうに頭をかいた。

「それでご結婚を？」

真顔に戻った朝斗が聞くと清水さんはうなずいた。

「大阪で一緒に暮らし始めました。結婚式のときはさすがに雨は降らせないでくれと頼みました。おかげでいい天気で。夜になるとアメフラシはお祝いのつもりか盛大に降らせましたけどね」

三

穏やかな生活だった。仕事は忙しいけどブラックというほどのこともなく、じきに子供にも恵まれた。

けれど、子供が一歳になったとき、ひどい豪雨が住んでいた地域を襲った。アメフラシのせいではなく、大きな低気圧のせいだ。

川の水が堤防を越え、道路も家も冠水した。僕たちは家族で近所の体育館に避難した。

雨は長く続き、避難所では風邪が流行り、みんな、疲れ果てていた。

そんな中で、僕はいつか老人ホームを慰問したときの職員の人に出会った。最初はお互いわからなかったけど、避難所で鬱屈する人たちを元気づけようとマジックを披露したとき、その人が声をかけてくれたんだ。

「ねえ、あのときのあれ、すごかったわね」

その人はホームでのマジックのことを言った。

「雨よ。雨が一瞬であがったじゃない。今度もあのときみたいに雨を止ませてよ」

その人は冗談で言ったのかもしれない。けれどその言葉は周りにいた子供たちや、おかあさんたちに希望を見せたようだった。

「ほんとに雨を止められるの？」

男の子が僕に言った。

「おねがい、雨を止めて」

女の子が言った。

「お日様が見たいよ」

子供たちが言った。

「雨を止めて」

　大人たちも言った。

　詰め寄られ、僕はうろたえた。

「できませんよ、あんなのはたまたまで」

「でもやってみて、止まなくても誰も責めたりしないから」

　そうは言われても期待の目で見られているのはわかる。僕は心の中でアメフラシに言った。

（雨を止ませることができるかい？　君の雨じゃないけど、どうかこの人たちの為に雨を止めてくれ）

　僕は避難所の入り口に立ち、太い線のように見える雨に顔を向けた。

　振り向くと妻が子供を抱いて不安そうに立っている。

　大丈夫だよと笑いかけ、僕は外に向かって叫んだ。

「雨よ、止め！」

　しかし、雨は。

　雨は止むことはなかった。

　ずっと降り続けていた。

「……すみません」

僕は避難所の人たちに頭を下げた。子供たちはともかく、大人はこんなものだろうという顔をして、曖昧な笑みを浮かべてうなずいてくれた。

でも子供たちはみんな入り口に集まって「雨よ止め」「雨よ止め」と繰り返していた。

「あっ！」

子供の一人が叫んだ。

「雨が」

雨が弱くなってきた。まさか、と僕は入り口に戻った。空を見ると、黒い雲が指でかき分けるようにゆっくりと開いていって、そこから日の光が射し込んできた。

「止んだ！　止んだ！」

子供たちは大騒ぎで避難所から飛び出した。ぬかるんだ地面の上でみんなが飛び跳ねた。白い膝小僧が泥だらけになっても、顔に泥が跳ねても平気の平左《へいざ》だ。

「止んだね」

「すごい！」

みんなが僕の周りに集まった。拝む人もいた。

「ぼくのせいじゃありません、偶然です、たまたまです」

僕は必死に言った。そう、僕の力じゃない、アメフラシだ。アメフラシが自然の雨を止めてくれたのだ。

（ふぅううう――――）

僕の耳に大きな疲れを含んだため息が聞こえた……気がした。

その日からしばらくアメフラシの気配を感じなかった。雨は降ってもそれは自然の雨だった。アメフラシは疲れたのかもしれない。あんなにすごい雨を止めたのだから。

僕はアメフラシのことは気がかりだったけど、災害の後始末に追われていた。すぐに彼は戻ってくる。そう気軽に考えていた。

「それで、いなくなったの？」

俺が聞くと清水さんは首を振った。

「アメフラシは気配が薄れただけで僕のそばにいたようなんだ。たぶん、休んでいたんだと思う。だけど、僕はそんな彼にまた負担をかけてしまった」

清水さんはつらい顔をする。それが本当のアメフラシがいなくなった理由なのか。

「あなたが謝りたいと言うのは……」

朝斗の言葉に清水さんはうなずいた。

「そのことです。僕は僕のエゴでアメフラシを利用してしまったんです」

豪雨の日々から一週間、二週間。町中から水は引き、泥汚れも落ちて浸水した家も新しく畳を張り替えた頃、僕は上司に東京へ行ってほしいと言われた。

東京の本社で僕を必要としているというのだ。

驚いたけど訳を聞いて僕は笑い出しそうになった。

一週間後に本社がスポンサーになっているゴルフの大会がある。そこで雨が降らないように祈ってほしいというのだ。

「君が避難所で雨を止ませたのは聞いているよ」

「いや、あれは偶然なんですよ」

僕は上司に笑いながら言った。だけど上司はひどく真面目な顔で、

「仕事にはそういう運も必要なんだ」と言う。

「もし晴れたら特別ボーナスを出そう。晴れなくても手当は出すよ」

実際僕はお金が欲しかった。洪水の被害はかなり甚大で、僕の家も水浸しだったからだ。

「知りませんよ、雨が止まなくても」

「いいからいいから」

僕は仕方なく、新幹線で東京に向かった。

イベント当日、僕はなぜだか神主が着るような白い衣装を着せられた。ひどい茶番だとは思ったが、本社の人間は大真面目だった。

東京はこのところずっと雨模様で降ったり止んだりしているらしい。その日も朝から小雨だった。

「頼むよ」

小柄なおじいさんにそう言われた。あとでそれが会長だと聞いて驚いた。会社のトップである人までこんな神頼みをするのかと。

ゴルフ大会のオープニングで、僕は「余興ですが」と紹介され、「驚異的な晴れ男」と呼ばれた。学生のときは雨男だったのにな、と皮肉な気持ちだった。

「雨が降ったら、君、クビだからね」

本社の専務がそう言った。冗談だ、きっとそれが関東のジョークだ。だけど「クビ」の一言は僕にひどいプレッシャーとなった。

(降らせないでくれ)

僕はアメフラシに頼んでいた。ここへ立つ前はそんなこと願わないつもりだったのに。

(どうか、頼む。僕のために、降らせないでくれ)

そして、その日は一日中晴天だった。

四

「それで……？」

朝斗が言うと清水さんはがっくりと頭を垂れた。

「僕はクビにはならなかったけど、大切な友達をなくしてしまった」

「アメフラシがいなくなったの？」

清水さんは大きくため息をついた。

「その日からぜんぜん気配を感じなくなった。僕はそのあと縁があって、地元の市役所に勤めないかと言われた。会社での仕事はちょっと先が見えていたこともあるし、子供を育てる環境ものんびりしたこっちがいいかもって、妻とも相談して帰ることにした。それに、こっちに帰ってくればまたアメフラシに会えるかもしれないって思った……」

「でもいない？」

清水さんは川の流れを見つめた。

「休みの日はこうやって一人で河原をぶらついてアメフラシを呼んでみたりするんだ。応えてはくれないけど……」

「アメフラシに会ったらどうするの？」

「謝りたい」

清水さんはすぐにそう言った。

「集中豪雨のときに雨を止ませてくれて疲れていたはずなんだ。なのにそのあとゴルフ大会なんてもののために、僕の個人的な理由のために、アメフラシを酷使してしまった。アメフラシはただ雨を降らせるだけのものなのに、いつも僕に寄り添って雨を降らせてくれたのに……僕とずっと一緒にいてくれた友達なのに」

そのとき、俺の耳は、サアァという小さな音を聞いた。


「あれ、見て！」

俺は河原の中程を指さした。そこだけ草の色が変わっている。濃い緑だ。水に濡れて光っている。水に濡れているのは……。

「アメフラシ！」

雨が降っていた。ちょうど大人の手のひらをあわせたくらいの範囲で。空に雲はなく、空中からいきなり水が降っていた。

清水さんはその雨の中へ駆け込んだ。

「アメフラシ！　君なのか」

清水さんは両手を広げて顔を上に向けてその雨を浴びた。

「アメフラシ！　帰ってきたんだね！」

柔らかな雨が清水さんに降り注いでいる。それは本当に優しい雨だった。

「ごめんよ、アメフラシ。本当にごめん。許してくれ」

アメフラシはなにも言わないけれど、優しい雨は許すと言ってるようなものだ。清水さんは手のひらに、顔に、首に、優しい雨の抱擁を受けていた。

「よかったね、清水さん」

俺が声をかけると清水さんは俺たちの存在を思い出したような顔をした。

「あ、そういえば、あんたたちはどうしてここに」

俺は朝斗と顔を見合わせ笑った。

「俺たちは妖怪を保護しに来たんだ」

「保護？」

「その妖怪が」

俺は降っている雨を指さした。

「ずいぶん弱っているようだから、俺たちのところで休ませるようにって。でもそのためにはここで人の話を聞くように言われたんだ」

「言われた？　だれに」

清水さんは驚いているようだった。まあそうだろうな。

「妖怪を保護している人……人なのか？　あれ」

俺は朝斗を見上げた。朝斗は黙って首を横に振る。

「まあともかくそういう組織っていうか団体……でもないな、神社だよ。妖怪のための神社」

「神社……そういうのがあるのか」

神社、という単語は清水さんの腑に落ちたらしい。何度もうなずいていた。

「でも弱っているといっても雨を降らせることができたんだから――大丈夫みたいだね」

俺は雨に近づいた。雨はいったん清水さんから離れたが、警戒するように、強くなったり弱くなったりした。

「俺たちと一緒に行って神主に会う？　それともここで清水さんと一緒にいる？」

そう言うと、雨は再び清水さんの上に降り出した。

「一緒にいるんだね」

俺の言葉に、清水さんは嬉しそうに笑った。

「アメフラシ。今度は僕がこの河原に通うよ。だから君はここでゆっくり休んでいてくれ」

アメフラシは清水さんから離れ、河原のあちこちに移動した。まるではしゃいで飛び跳ねているようだった。

「アメフラシを捕まえられなかったら、俺たちなんのために来たの」

俺がそう言うと朝斗が俺の頭にぽんと手を置いた。

「清水さんの言葉をアメフラシに伝えるためだろうな」

「まあ元気になったんだからいいか」

俺は河原を走ってアメフラシの雨を追いかけた。日差しの中で細い雨はキラキラと輝いて、草の上でいくつもの水滴が宝石のように弾けた。

終

「そうですか。アメフラシは清水さんのもとにいることを選びましたか」

神社に戻って今回の件を報告すると、神主は満足そうにうなずいた。

「アメフラシは本当はなんの妖怪なんですか？」

「口伝《くでん》や資料では雨降小僧という名前で残っています。唐傘をかぶった子供の姿で描かれることもありますが、本来は雨だけの姿で現れます」

　今日の神主は雨だれみたいな点をいくつも描いた紙を顔に下げている。

「雨降小僧は雨を降らせるだけの妖怪です。雨を止ませることなんてできないはずだったのに、清水さんのために頑張ったんでしょうね。分にそわないことをして力を消耗し、消えかけていた。彼が消えなかったのは清水さんがずっと思っていてくれたおかげです」

「人間が思えば消えないの？」

「ええ。妖怪は自然の気が凝《こご》ったモノから生まれるのがほとんどですが、中には人の思いから生まれるモノもいます、それだけ人の思いは強いのです。あなただってそうでしたでしょう？」

　神主に言われてそれもそうかと思う。俺は朝斗の生きたいという思いから生まれたのだ。

「アメフラシはずっと清水さんと一緒にいるのかな」

　ちょっと心配だったので聞いてみた。神主は「そうですね」と首をかしげる。

「おそらく清水さんの生きている限りは」

「じゃあ清水さんが死んでしまったら？」

　アメフラシはひとりぼっちになっちゃう？　だが神主は顔の紙を揺らして首を横に振った。

「清水さんにはお子さんがいます。もし、そのお子さんもアメフラシに親しい気持ちを持ってくれたら、ずっと一緒にいることができるでしょう。そうでなければこちらへ呼びます」

　それで俺はほっと胸をなでおろした。

「アメフラシはどうして清水さんを気に入ったんだろう」

「どうしてでしょうねえ。……妖怪はなぜか人に惹かれるんですよ」

　神主の表情はわからなかったが、どこか楽し気な声に聞こえた。

「人のことわりとは違う場所に存在するものが人に惹きつけられる。人もまた妖怪を愛することがある。語り、歌い、絵や物語に残す……それがまた思いとなって妖怪を生む。わたしは人と妖怪がもっともっと近くなってほしい。そうした思いでこの神社を続けているんです」

　神主はいったいなにものなんだろうか？　こんな不思議な場所で生きているのだから、およそ人間ではないだろう。

　でも妖怪とも思えない。俺は妖怪に会えばわかるけど、神主には妖怪に会ったときのような感じがしない。

聞いたら教えてくれるんだろうか？　でもなにか聞くのもはばかられる。俺は遠慮深いってキャラじゃないはずなのにな。

神主は朝斗から白木の絵馬を受け取った。本当ならここにアメフラシの絵が描かれ、神社で眠るか過去に行くかという話になったんだけど。

でも、清水さんと再会したアメフラシが嬉しそうだったからよかった。俺も嬉しくなった。

緑色の河原にアメフラシの降らせた雨があちこちで半円の虹を作った。それはとても不思議できれいで、心躍る景色だった。

人と妖怪が一緒にいれば、もっとあんな景色が見えるのかな……。

「ええっ！」

おっと、ぼんやりしてたら朝斗がなにか叫んでいる。

「今回ノーギャラって、そんな……」

「おや、最初に言いましたよね？　妖怪を捕まえれば一体五〇万だと。今回は手ぶらで帰ってきたじゃないですか」

なんだって？

「そんな、飛行機代や電車代、ホテル代は……」

「領収書を出していただければ必要経費としてお支払いしますよ」

「いや、ちょっと待ってください。妖怪探しをしている間は他の仕事をしていないんだから、それはいくらなんでも」

「それより次の依頼をこなしてください。ほら、報酬は用意してありますよ」

神主は手元でぴらりと現ナマを見せつけた。朝斗が顔を覆って階段の手すりにもたれかかった。神主は意外と食えない。

「雨降小僧を捕まえに行って空振り旅行……」

俺がぼそっと呟くと、神主はくるっと背を向け本殿に駆け込んだ。中から「あめふり……からぶり……ふっふ……ふふ……ッ」と低い笑い声が聞こえてくる。ダジャレ代、もらえないかな。

黄昏色のはざまの神社で、あかあかと燃える篝火の下、朝斗は財布から領収書を出して、スマホの電卓で経費の計算を始めた。

願わくは駅弁や居酒屋の食費が経費として認められますように——。

第四話　探偵は傷つかない

序

カチカチとマウスのクリック音が聞こえる……。

寝ぼけ眼《まなこ》でシーツの上を尻尾で探ると、朝斗の体がない。布団がめくられた部分は冷えていたので、ずいぶん前に起き出したようだ。

俺はベッドで一度伸びをし、床に飛び下りた。

キャビネットを回って覗くと、朝斗がデスクに座って真剣な顔でパソコンの画面を見ている。俺はあくびをもう一つして、人の姿に変わった。

「おはよ。早いな、朝斗」

「……ああ」

朝斗は気のない声を返した。

ブラインドは閉められていて部屋は薄暗い。朝斗の手元の電気スタンドはつけっぱなしだ。ということは夜に急に思いついてパソコンを開き、今までやっていたということか。

俺は部屋中のブラインドを開けて回った。朝の——といっても、もう一〇時か——光が探偵事務所の床に縞模様を描く。埃がきらきらと無言のダンスを踊った。

背後から朝斗が見ている画面を覗くと一面の英語の羅列。俺は一応彼の記憶を持っているから読むことはできる。

だが、——面倒臭い。朝からこんな頭の痛くなるようなものを解読したくない。記憶は同じものを持つが、こういうところ、俺と朝斗は違う人間だ。

「なに、これ」

「JAMA」

そのタイトルは覚えていた。正確には『Journal of the American Medical Association』。米国医師会が発行している医学雑誌だ。ビッグファイブとも呼ばれる「世界五大医学ジャーナル」の一つ。

時々写真が挟まれていて、それが脳の写真であるのに気づいた俺は、朝斗のそばから離れた。

朝斗は自分が執刀した患者のことを考えているのだ。こういうときは放っておくにかぎる。

俺は水で顔を洗い、タオルの下から朝斗を見た。前のめりで画面に見入っている。

眠りから覚めない少女。外部からの刺激に反応を見せない植物状態に陥っている中学生の少女——玲ちゃん。

植物状態が一年以上続いた場合、症状は恒久的とみなされ、回復の見込みはないと言われる。彼女の状態はまだ八ヶ月。……朝斗が逃げ出してから八ヶ月だ。

「植物状態の患者に迷走神経への電気刺激を与えることで、回復を見せたという記事があって……」

何も聞いていないのに、朝斗が囁《ささや》いた。声が掠れている。

「それに関する論文を探していたんだ」

「そう。なんかあった?」

俺はあえて軽い調子で言う。朝斗は何度も何度もパソコンで植物状態の患者の治療方法を探している。だが今まで明るい声が返ってきたことはない。

朝斗は希望の山と絶望の谷を上り下りしているのだ。

「ああ……いや、うん……」

朝斗は椅子から立ち上がると、うろうろと部屋の中を歩きだした。今回も期待したような報告はなかったのだろう。

「電気刺激による治療法は前からあった。脳深部刺激療法《DBS》と脊髄刺激療法《SCS》だ。しかし完全とはいえない……電気……電気……」

ピタッと立ち止まって空《くう》を見据え、きっかり五秒後、俺の方を振り向いた。

「そうだ、電気だ！」

叫んで本棚に駆け寄る。

「ええっと確か……。あ、これだ！」

朝斗が持っているのは妖怪図鑑。神社の仕事を始めてからいろんな妖怪関係の本を買っているが、今のところこれが一番でかい。それを両手で持って俺のそばへ走ってきた。

「見ろ、ヨル、これ！」

開かれた箇所には狼のような虎のような獣の絵が描かれている。他には蜘蛛のようなもの、猫のようなもの、蛇の姿をしているものもあった。

「これらは全て雷獣だ！　雷を操る伝説の獣！」

「お、おう」

朝斗の剣幕に俺は一言発するのが精いっぱいだった。

「こういう妖怪は雷、つまり電気を操る妖怪だ。彼らは機械で刺激を与えるより、もっと正確に、的確に刺激を与えることができるんじゃないのかな。なにせ相手は妖怪、意志を持ってるわけだろ？　こちらの意図を説明して的確な電気量を調整するということができるかもしれない！」

朝斗は自分の思い付きに夢中になったようで、俺に口をはさませる間もなく早口でしゃべり続けた。

「ええっとつまり……、妖怪を電気ショックに使うってこと？」

俺が言えたのはそれだけだった。

「そうだ。ヨル、今すぐ神社へ行こう！」

「え？　朝飯喰ってない……」

「いいから行こう！　絵馬の中に雷獣がいるかどうか探すんだ！」

俺は朝斗に腕を掴まれ、部屋から引きずり出された。


はざまの神社にやってきた朝斗は、いつもなら本殿にいる神主に挨拶をする。だが今は自分の考えに夢中なようで、すぐに本殿横の絵馬が掛けられている壁に走った。ガシャガシャとぶらさがった絵馬に両手で触れる。

「ヨルも探してくれ！」

「う、うん……」

図鑑に載っていた雷獣の絵はさまざまだった。おそらくどれも想像で描かれたものだろう。本物の雷獣がいるとして、ああいう動物のような姿かどうかわからない。絵馬の中から雷獣を探せるだろうか？

絵馬はたくさんあるし重なっているものもある。俺たちはカチャカチャと絵馬を裏返したりめくったりした。

「あ……」

俺は一枚の絵馬を見つけた。雷獣とわかったわけではない。細長い狐のような獣の後ろに稲妻が描かれていたのだ。

「朝斗、これ」

俺が差し出した絵馬を朝斗は両手で持った。

「これが雷獣……なのか？」

「おまえたち、なにをしている！」

ぴしりと鞭を打つような鋭い声がかけられた。凪だ。いつものように黒いマントをまとっている。

「勝手に絵馬に触れるな！」

凪は大股でツカツカと朝斗に近づいてきた。ゴスロリスカートが膝にすれてワサワサと音を立てた。

「あ、す、すみません、凪さん、あの……」

謝りながらも朝斗は絵馬を凪に差し出した。

「こ、この絵馬、これは雷獣でしょうか？」

「ああ？」

凪は絵馬の絵をちらっと見たが、すぐにそっぽを向いた。

「凪は知らん」

「あ、じゃ、じゃあやっぱり神主さんに……」

朝斗は駆け出そうとしてよろめいた。恐らく朝早く、いや、真夜中から起き出してずっとパソコンとにらめっこしていたのだ。おまけに朝飯も食べずにここまできたせいで足に来たのだろう。

顔面から神社の玉砂利に激突する――と思ったら、凪が片手でひょいと朝斗の襟首を掴んで動きを止めた。

おかげで朝斗は中吊り状態で踏みとどまることができた。あ、でもあれ、首が絞まってないか？

「あ、ありがとう、凪さん」

朝斗は首をさすりながら凪に礼を言った。

「落ち着け。おまえらしくないぞ」

凪はまだ襟から手を離さない。

「あ……うん……」

朝斗はようやく目が覚めたという顔をして、パチパチとまばたきした。それを見て凪は手を離す。朝斗は大きく息をついた。

「すみません。ちょっと思いついたことがあって……自分の考えに夢中になってしまった。ヨルも……」

こっちを向いて頭を下げるから「気にしなくていいぜ」と声は出さずに手を振ってやった。

「おやおや、賑やかだと思ったら……。おはようございます。朝斗さん、ヨルくん。ずいぶん早いですね」

神主が本殿から顔を出す。今日は白い紙の真ん中に、縦に長く一本線が引いてあるだけだった。

「おはようございます」

朝斗は絵馬を両手で持って神主のそばに歩み寄った。

「それは……？」

神主は首を傾げた。いつも思うけど、どうして顔の前に紙があってものが見えるのだろう？

「壁にあった絵馬です。あの、この絵馬、これは雷獣という妖怪でしょうか？」

朝斗は咳き込むように言った。

「ああ、これはねえ」

神主は絵馬を受け取って答えた。

「確かに雷獣です。よく見つけましたね」

「これは、――絵馬があるということは、この中で雷獣が眠っているということですよね？　まだ生きてますよね？　起こすことはできますか？」

いったんは落ち着いた朝斗だったが、しゃべっているうちにまた興奮がぶり返してきたのか早口になる。

「それはできますが……雷獣になにかご用ですか？」

「はい。実は雷、つまり、電気を使って大脳に刺激を与えることはできないかと考えまして――」

朝斗は自分の考えを話した。説明の間に専門用語がどんどん入るのだが、紙で覆われた神主の顔からは、表情を窺い知ることはできなかった。ただ……頭がだんだん右に傾いでいくので、わかってないのかな、とは思う。

「ええっとつまり……」

神主は両方の人差し指で自分のこめかみを押さえた。

「朝斗さんは雷獣を使って植物状態の患者さんに刺激を与える治療をしてみたい……、

ということで、よろしいでしょうか？」

そう自信なさげにまとめた。

「はい！」

一方朝斗は、まるで生徒が先生に答えるように元気よく返事をした。

「それは無理でしょう」

だが、神主の答えは朝斗の期待に応えるものではなかった。

「雷獣にそんなことはできません。試してもいいですが、頭が黒コゲになるのがオチですよ」

「そ、そんな、でも……っ」

食い下がろうとした朝斗に神主は申し訳なさげな声で言う。

「そもそも彼らは雷を操るわけではなく、雷の落ちる場所へ行ってその雷を喰うものなのです。食事をしたあと、光を発することはできますが、あまった雷を散らしているだけですから……狙ったところに電気を通すなどというのは無理です」

「そ、」

朝斗はがっくりと膝をついた。玉砂利に手をつき、肩を落とす。

「そう、だったんですね……」

ああ、落ち込んだ。これは今日一日使い物にならないかも。

「申し訳ありません」

神主はそんな朝斗に腰をかがめて優しい声をかける。

「朝斗さんの望みに叶うべく、わたしたちも治療効果を持つ妖怪を探してはいるんです。それで実は——、これならば、というものを見つけたんですよ」

「ええっ！」

朝斗が首がもげるほどの勢いで顔をあげた。俺も驚いて朝斗のそばに駆けつける。

なんだよ、そんなのがいるなら早く教えろよ。

「そ、それはなんですか⁉」

「カマイタチ、です」

一

俺たち、俺と朝斗と凪は、レンタカーを借りて神奈川の奥、丹沢《たんざわ》というところに来ていた。

この山に病を癒す妖怪、カマイタチがいるという。俺は神社での神主との会話を思い出していた。

「カマイタチというのはご存じですか？」

神主の言葉に朝斗はうなずいた。

「知っています。突然手や足の皮膚が切れる現象ですよね」

「はい。風の渦の中心にできる真空により皮膚や肉が裂かれる、と言われる現象――この説は実は明治時代に説かれたものなんです」

「明治？　そんなに昔なの？　最近の科学的な証明じゃなくて？」

俺は驚いた。カマイタチという妖怪が起こす怪我ではなく、真空で切れるという方が説得力があったのに。

「人間の皮膚はそんなにやわじゃありません。何度か実験もされましたがかすり傷もつかなかったようです。それは当たり前です。カマイタチという妖怪の仕業なのですから」

つまり一周回ってほんとにカマイタチがいるってことかい。

「カマイタチは常に三体で行動します。一体が人や動物の足をとめ、二体目が鎌で切りつけ、三体目がその傷に薬を塗る。なぜかと言われてもそれが彼らの生態だとしか答えようがないのですが、鎌で切られた傷はどんなに大きくても、その薬でかすり傷に変わってしまうんです」

神主はそう説明した。

「その薬が……？」

「はい。切ったものを修復する薬なら、あなたの患者さんの治療にも使えるかもしれません」

「……！」

朝斗はなにも言わなかったが、顔色がぱあっと明るく変わった。

「最近ようやくカマイタチの生息場所がわかったんです。そこへ行き、この神社の話をしてみてください。もちろん彼らが今の生活圏を離れたくないというなら無理強いはしません」

「——話し合いにならなかったら？」

「そのときは絵馬に封じて連れてきてください」

神主は白木の絵馬を差し出した。

「無理矢理でもカ、か、カマわないってことだね。カ、カマイタチだけに」

俺のダジャレに、神主の手から絵馬が落ちてカラカラと地面で踊った。朝斗が俺の頭を軽くこづく。

階段の上でつっぷしていた神主がようやく起き上がり、ぜえぜえと荒い息をしながら続けた。

「こ、ここに来てくれたら……薬を譲ってくれるように……頼んでみます」

「ありがとうございます！」

朝斗は最敬礼で絵馬を受け取った。ずいぶん嬉しかったのだろう、少し寝てから行こうと言った俺を制して、すぐに出かける準備を始めた。

凪が一緒についてきたのは、カマイタチが攻撃的だった場合の用心だ。相手が相手なので救急箱も用意してある。

包帯にいろんな大きさの絆創膏とガーゼ、消毒液に化膿止め、それと痛み止め。まあ使わないのならその方がいい。

俺は運転する朝斗の隣に座って地図を広げていた。神主が渡してくれたものだが、生息地が大きく円で囲まれているだけのアバウトなものだった。

「このあたり全部調べるとなると、とても一日じゃ無理だよ」

俺は地図を畳んで言った。

「大丈夫だ。念のためキャンプ道具一式レンタルしてある」

後部座席には凪が荷物に埋もれて座っている。テントやらガスコンロやらLEDライトやら。レトルト食品も積まれていた。

「本気で山で泊まり込みするの？」

「カマイタチが見つかるまでだ。あてにしてるぞ、妖怪レーダー」

「あのな……」

俺は窓から景色を見た。丹沢あたりはまだ肌寒い景色を保っていた。下草は緑の葉を見せている反面、落葉樹は寒々しい枝のまま手を広げている。

車が通る道は整備されているが、ちょっと視線を飛ばすと薄暗い森が広がる。時折木々の間に川の流れが見えた。

「俺、山は苦手だな……」

ちっちゃい自分がますます小さく見えるようで、圧倒的な自然の大きさには立ち向かう自信がない。

「情けない。山くらいなんだ」

背後から声がかかった。ミラー越しに不機嫌そうな凪の顔が見える。凪はテントが入った袋に腕を回し、足を高く組んで前の座席を蹴った。

「凪ならこんな山くらい、車でなくても三日で越えてやる」

「じゃあ降りろよ、走ってついてこいよ」

俺は振り向いて言った。

「凪は主さまから言われているからな。おまえたちを守るようにと。主さまの命令は絶対だ、降りることはできん」

「別におまえなんかに守ってもらわなくてもいいよ」

俺は首を戻した。その俺の背に衝撃が伝わる。凪が座席を蹴とばしたのだ。

「カマイタチの鎌は鋭いぞ。おまえなんか尻尾を切られて泣きわめくのがオチだ」

「俺がそんなのろまなわけないだろう！」

俺は前を見たまま怒鳴る。ミラー越しに凪の憎たらしい笑みが見えた。

「でかくなるしか取り柄のない半端ものは黙ってろ」

「なんだとう！」

さすがに我慢できなくなって俺は座席の上で体を後ろに捻った。凪は「やるか？」と右手を上げる。俺は口を開けて「シャアッ」と息を吐いた。

「こら、いい加減にしろ、ヨル、凪さん。どうしておまえたちはそういつもいつも喧嘩ばかり……」

うるささに耐えかねたらしい朝斗が声を上げたとき、俺は別の人間の声を聞いた。

いや、悲鳴だ。

「朝斗！　誰かが叫んでいる！」

そう言うと朝斗がブレーキを踏んだ。がっくんと車がつんのめるように止まる。後部座席の荷物が跳ねて、凪の上に落ちた。ざまあみろ。

「叫んでるって？」

「助けを呼んでる。男の人だ」

俺は窓を開けて顔を出した。

「なんだ？　凪にはなにも聞こえないぞ？」

埋もれた荷物から顔を出し、凪がきょろきょろする。

「猫は人より耳がいいんだ。ヨル、どこからだ？」

俺は目を閉じると耳に手を当てて声を聞きとろうとした。風の音、葉ずれの音、鳥の声、その中に――。

「……、聞こえた！　この奥だ！」

俺は道路から外れた森の中を指さした。

「人の声と、あとなにかぶつかったりしているような音が聞こえる。空気がうなる音も」

「わかった」

朝斗は一度車をバックさせて、比較的広い場所で停めた。後部座席から救急箱を引っ張り出す。

「行ってみよう」

森の中は管理の手が入っているらしい。比較的木々が密集しておらず、下草に足を取られることをのぞけば容易に進むことができた。

俺は猫の姿になると、先に走った。こういう足下が不安定な場所では猫の方が楽だ。それに音もよりよく聞こえる。

悲鳴と風、ものがぶつかる音、それがどんどん近くなる。

不意に明るく広い場所に出た。拓《ひら》けていたのは木々がなぎ倒されていたからだ。

大きな木が無造作に、秩序もなく倒れている。いや、今まさに倒れようとしているものもあった。

「あれは……」

真ん中で黒い風が暴れ回っていた。黒い風、としか言いようがない。旋風のように渦を巻いた黒っぽい風。木の葉や石を巻き込んで右に左に移動している。

木はその風にぶつかられると、幹をえぐられ、木肌を削り取られ、切り込みを入れられてメリメリと倒れてゆく。

木肌につけられた生々しい白い傷跡、木の悲鳴が聞こえるようだ。

「朝斗、そこっ！」

俺は尻尾をぴん、と立てた。隅の方につなぎを着た男の人が、頭を抱えてうずくまっていた。

「救出しなきゃ」

朝斗が飛び出そうとしたが、凪に腕を掴まれ引き戻される。

「危険だ、おまえはここにいろ。凪が行く」

「だ、大丈夫ですか？」

「凪は平気だ」

凪は両手を地面につけると、獣のような姿で飛び出した。

黒い風は高い木に沿って上空に駆けのぼり、跳ね返るようにあっちこっちへと移った。そのたびにバラバラと枝や葉が何本も落ちてきた。

「ヨル、あれがなんだかわかるか？」

「正体はわからないけど、妖怪だよ」

「そうか……」

朝斗は傷つけられた木々の幹を見つめた。俺もその視線を追う。鋭い刃物でめちゃくちゃに切り刻まれた木肌。大きなナイフで抉ればあんなふうになるだろう。

「もしかしたらあれ、カマイタチの鎌なんじゃないの？」

凪がうずくまっている人のもとまで辿り着いた。腕に手をかけると男の人は驚いたように顔をあげる。よかった、生きている。

凪はその人の腕を掴んだままこっちへ走ってきた。男の人は気の毒に、立ち上がるひまもなかったようで、地面を引きずられて悲鳴をあげた。

上空の黒い風がその声に気づき急降下してきた。

「凪さん！　危ない！」

朝斗が叫ぶと凪は掴んでいた男の人を、いきなりこちらへ放り投げた。

「わあっ！」

とっさに俺は体を大きくしてその人を受け止める。猫のモフモフに埋まるという、全ての猫好きの夢を叶えることができてよかったな、おっさん。

男の人は投げられたショックか、俺にぶつかったせいか、気を失っていた。

朝斗が急いでその人の体を診る。服があちこち切り裂かれ、血が滲んでいたが、それほどひどい出血はしていないようだった。持ってきていた救急箱から消毒薬とガーゼを取り出して傷口に当てた。

凪は地面を蹴って黒い風に真っ向からぶつかった。

「うわっ！」

悲鳴をあげたのは凪の方だ。旋回している風に跳ね返され、地面に激突する。だが、すぐに跳ね起きた。

「凪さん！　もういい、車に戻ろう！」

朝斗が叫ぶと黒い風がこちらを見た。そう、まさに「見た」としか言いようがない。風の中から憎悪に満ちた視線を感じたのだ。

凪がこちらへ向かってきた。地面の土を巻き込んでさらに大きく、色も濃くなる。

「朝斗、逃げろ！」

俺は男の人を背中に乗せて森の中を走り出した。朝斗も後ろから走ってくる。

凪は阻む木を切り刻み、なぎ倒しながら追ってきた。まるでチェーンソーを振り回しながら走ってくるモンスターのようだ。

凪の背後に凪の姿が見えた。顔つきが変わっている。前に見た仁王のような恐ろしい顔だ。弾き飛ばされて頭にきたのか。

しかし、さっきのように正面からぶつかっても弾かれるだけだ。

「朝斗、この人頼む！」

俺は背中から男の人を振り落とすと、反転して黒い凪に向かった。

「ヨル⁉」

朝斗の声を背中に聞き、俺は体を小さくして手近の木に駆け寄った。

飛び上がりざま体を大きくし、木に体当たりする。メリメリッと音をたてて大木が倒れた。狙い過《あやま》たず、黒い凪を真上から押し潰す。

凪の動きが止まった一瞬、凪が頭上から飛びかかった。期せずして協同作業になったようだ。

「ギャンッ」

獣の悲鳴が聞こえた。凪じゃない。

風は止んでいた。バラバラと石や小枝や葉が地面に落ちる。その真ん中に、シェパードほどもあるイタチに似た獣がうずくまっていた。全身が灰色の短い毛で覆われ、両の手先には鋭い爪が伸びている。

「カマイタチ……」

カマイタチの顔は人間に似ていた。顔に毛が生えてないせいだろう。ピンクの皮膚がむき出しだった。

燐《りん》のように燃える青い目。丸い耳は目より上の位置にあり、鼻は低く、口が横まで裂けている。犬の仲間であるイタチとは違い、頭部が細長くなく、丸かった。

「貴様ら、何者だ！」

カマイタチは人間の言葉を話した。その口もとが腫れあがり血が滲んでいる。凪が一発、拳を入れたのだ。

「おまえ、カマイタチか」

凪が右手をぶらぶらさせながら言った。なんということか、肘から先が袖ごとない。

「……ッ」

カマイタチはのどの奥で唸ると再び周囲の風を集めた。小さな竜巻を作り、その中に飛び込む。竜巻はそのまま上空に飛んだ。

「逃がすか！」

凪が追おうとしたが、朝斗がその腰にタックルをかけた。

「なにをする！　放せ！」

凪は驚いた声を上げた。

「なにをするってこっちのセリフだ！　腕！」

凪の腕はすっぱりときれいに切り落とされている。カマイタチを殴ったと同時に切られたのか。切断面からは骨も肉も見える。だが血は出ていなかった。

「別になんともない」

「なんともないって……」

凪は辺りを見回し、「あった」と木の根元を指さした。そこにフリルに包まれた腕が一本、転がっている。

凪は自分の腕を拾い上げるとフリルの袖をはがし、切断面にくっつける。

「しばらくこうしておけばつながる」

「しかし」

「凪は人間じゃない。気にするな」

確かに凪の顔に苦痛の色はない。朝斗の方が顔を歪めて痛そうな顔をした。

「ちょっと待って」

持ってきていた救急箱まで戻ると、朝斗はそこから包帯を取り出した。

「腕を出して」

「大丈夫だ」

「いいから！」

朝斗が怒鳴ると、凪はその勢いに驚いたのか黙って腕を差し出した。朝斗は凪が押さえている腕に包帯を巻き、きつく縛る。

「平気なのに……」

「僕がいやなんだ。いいから黙ってろ」

いつもの朝斗とは違う剣幕に、凪は神妙な顔になって自分の腕に包帯が巻かれるのを見ていた。

「朝斗――」

俺は気絶していた男の人が目を覚ましそうになったので、朝斗を呼んだ。朝斗は救急箱を持って駆けつける。

男の人はすでに朝斗により治療が終わっていた。顔や腕に絆創膏が貼られ、一番大きな背中の傷も、縫うほどではなく、殺菌消毒したあと大きめのガーゼで覆ってある。太ももや首などの太い動脈が切られてなかったのは幸いだった。

「……大丈夫ですか？」

朝斗は男の人に声をかけた。男の人はつなぎの胸に「林野庁　江田野《えだの》」というネームプレートをつけていた。

「あ、ああ……ええっと……」

江田野さんは視点の定まらない目で、覗き込む俺たちを見まわした。ちなみに俺は今、人の姿になっている。

「あんた……たちは……？」

「キャンプに来ているものです。どうしたんですか？」

朝斗は江田野さんを安心させるように手を握って甲を軽く叩いた。江田野さんは風船から空気が抜けるような音をたてて、息を吐いた。

「助かったよ……」

「なにがあったんです？」

江田野さんは目をあげて周囲を見回した。

「急に周りの木が倒れてきて……つむじ風？　いや、竜巻が……女の子が……」

「女の子は彼女です。あなたを見つけたので急いで引っ張ってしまって、ちょっと乱暴でしたね」

江田野さんは朝斗の肩越しに凪の姿を見て、少し怯えた顔になった。

「放り投げられたような気が……それでなにか柔らかいものにぶつかって」

「まさか。彼女のような女の子があなたを放り投げられるはずないでしょう？」

朝斗が一流の詐欺師のように嘘をつく。しかしこれも患者の精神の安定のためには必要だ。

「そ、そうですよね、失礼……」

江田野さんは自分を無理矢理納得させたようだった。

「つむじ風にあったことは覚えてらっしゃるんですか？」

朝斗が聞くとこくこくと震えるようにうなずいた。

「この辺りを見まわっていたら、急に大きな唸るような音がして、木が倒れてきたんだ。風が土や小枝を巻き込んで真っ黒な竜巻になって近づいてきて……気が付いたら体中傷だらけで、恐ろしくて動けなかった……」

「応急処置は済んでいます。風ももう収まったようですから、気を付けて帰ってください」

「ありがとう。あんた、お医者さん？」

言われて朝斗はちょっと息を呑んだ。

「……いえ、」

短い否定の言葉の中にいろんな思いがよぎったのだろう。俺はちょっと心配になって朝斗の顔を見ていた。

「そうなの？　なんにしろ助かったわ。本当にありがとう」

「はい……」

朝斗はうなだれた。また顔から表情が抜け落ちている。江田野さんは気づかずに、俺たちに手を振って帰って行った。

「朝斗」

俺は朝斗の肩を叩いた。びくっと朝斗が身をすくめる。

「カマイタチを追おうぜ」

「――ああ」

朝斗はようやく頭をあげ、こわばった作り笑いを浮かべた。作ったものでも笑おうとしている努力は買おう。

「凪、行けるか？」

「当然だ」

凪は包帯を巻いた手を挙げた。

二

俺たちはカマイタチが飛んで行った方角へ走った。俺は体を大きくして背中に朝斗を乗せた。凪は俺が大きくなるだけの半端ものと言ったけど、こういうこともできるんだぜ。

へへん、と俺の隣を走る凪に視線を向けたが、凪はちらりともこっちを見なかった。くっそー！

カマイタチの姿は見えないが、道を教えるように、濃い獣臭が森の中にくっきりと残っている。おまけに上空の木々の枝が不自然に折れているところがあって、あとを追うのは楽だった。

進んでいくとまた物がぶつかる音や唸り声が聞こえてきた。間違いない、カマイタチだ。

進む先に岩山が見えた。ゴツゴツした斜面には背の低い灌木がまばらに生えている。まるで大きな一つの石のような山だ。

その岩山の前、少しばかり拓けた場所で、黒い風がぐるぐると回っている。風は岩山に当たりその固い表面を削り取っていた。よく見ると地面にも幾筋も亀裂が走っている。

「あいつ……なにをしてるんだろう」

俺たちは少し離れた繁みに隠れて暴れまわるつむじ風を見ていた。

意味のわからない行動だった。なにかに腹を立て、当たり散らしているようにも見える。

「……苦しんでいるんじゃないのかな……」

呟いたのは朝斗だった。

「苦痛で暴れまわっているように見える」

「え？　病気ってこと？」

「ああ。あんなふうに病室で暴れる患者を見たことがある」

カマイタチは体を岩にぶつけ、やみくもに両手を振り回していた。そう言われれば苦し気に見える。

「なあ、あいつが病気なんだったら……、」

俺は朝斗の顔を窺いながら、そろりと言った。

「朝斗、診てやれるんじゃね？」

「えっ……」

「もし助けてやれれば話を聞いてもらえるじゃん。な、朝斗」

俺は朝斗の背を叩き、励ますように言った。しかし朝斗は臆病な小動物のようにぶるぶると首を振る。

「よ、妖怪の体なんてわからないよ」

「生き物には変わりないじゃないか。きっと大丈夫、わかるよ」

「僕は……もう……医者じゃない」

朝斗は苦しそうに呻いた。執刀ミスをし、病院から逃げ出したことを一番許していないのは朝斗自身だ。

「僕は……」

「おまえは医者だ！」

そんな朝斗の言葉をぴしゃりと遮ったのは凪だ。凪は包帯を巻いた自分の腕を朝斗の目の前に突き付けた。

「傷ついたものがいたら手を差し伸べずにはいられない。それが医者というものではないのか」

「凪さん……」

朝斗の顔に動揺が見える。そうだ、朝斗は否定するけど、おまえは医者の仕事が好きだったはずだ。親の敷いたレールに乗って就いた仕事だったけれど、おまえはいつだって人を救いたかった。

「朝斗、朝斗は病院から逃げ出したけど、命からは逃げるなよ。あいつを助けて、玲ちゃんを助けようよ」

「……」

ようやくカマイタチの動きが止まった。地面に全身を伸ばしてはあはあと背を波打たせている。口から長い舌を出し、かなり苦しそうだった。

「俺、行くよ、朝斗。呼んだら来てくれよな」

「ま、待て！」

朝斗が伸ばす手を避けて、俺は隠れていた繁みから飛び出した。

「おい」

俺は猫の姿でカマイタチに近づいた。カマイタチはびくっと背を丸めて立ち上がろうとした。だが、足に力が入らないのか、顔をわずかに上げただけだった。

「貴様……さっきの」

「なあ、おまえ、具合が悪いのか？」

俺はできるだけ穏やかに声をかけた。

「助けがいるか？」

「いらん！　近寄ったら殺すぞ！」

カマイタチは口を大きく開けて牙を見せた。

「カマイタチは三匹一緒の妖怪だって聞いたけど、残りの二匹はどこにいるんだ」

「うるさいっ！」

カマイタチは前足を振った。鋭い風がとっさに身を伏せた俺の背の毛を撫で切る。黒い毛が風に乗って散った。

「落ち着けよ。同じ妖怪仲間じゃないか」

カマイタチは青い燐光の目で俺を睨んでいたが、やがて「ううっ」と呻いて鎌のついた前足で頭を抱えた。

「どうしたんだよ。やっぱり具合が悪いんじゃないか」

「うう、うるさい……放っておけ」

カマイタチはギリギリと歯を剥きだして呻いた。

「放っておけるか、そんなに苦しんでるのに」

「苦しいのは俺じゃない」

「え？」

聞き返したがカマイタチは苦い顔でそっぽを向いた。

「なあ、俺、ヨルって言うんだ。聻猫っていう妖怪なんだって」

俺はカマイタチから距離をとったまま話しかけた。

「実は自分が妖怪だって知ったのはほんの少し前でさ。それまでは自分を人間だって思ってたんだよ、笑えるだろ」

カマイタチは顔はこちらには向けなかったが、丸い耳がぴくりと動いた。

「聾猫っていうのはめったにいないんだって。おまえたちは三匹もいていいな」

「……」

「三匹っていうのは親子なのか？　それとも兄弟？　友達か？」

「――おしゃべりなやつだな」

カマイタチがぼそりと言う。声から怒気がなくなっていた。しめた。俺は少しだけ距離を詰めた。

「なあ、他のやつに会わせてくれよ」

「……ううう」

また頭を抱え込む。間違いない、こいつどっか悪いんだ。

「大丈夫か？」

俺はまた一歩近づいた。それに気づいたカマイタチが、頭を抱えた手の間から俺を睨む。

「よ、寄るな！」

「力になれるかもしれないじゃないか。こっちには医者だっているんだ」

「医者、だと？」

俺の言葉に別の声が応えた。声の方を見ると、今まで一枚岩だと思っていた場所がぽっかりと口を開いて洞窟のようになっている。なんだこれ。今までどうやって隠してたんだ。

「本当に医者がおるのか？」

そこに立っていたのはもう一匹のカマイタチだった。地面にいるやつと違って両手は普通の獣の手だ。顔は似ていたがもう少し年をとっているようだった。あと、目の色が青じゃなくて緑だ。

「あ、兄貴！」

両手が鎌になっているカマイタチが、唾を飛ばして叫ぶ。

「出てきちゃだめだ！　こんな得体のしれないやつら……っ」

なるほど、兄貴か。カマイタチは兄弟なんだな。

「なれど二郎丸、医者だと申すではないか……三郎太を診てもらえれば……」

「妖怪に医者がいるなんて聞いたことがない！」

「あ、医者は人間だ」

俺の言葉に、二郎丸と呼ばれたカマイタチが飛び跳ねた。後足で立って鎌を身構える。

「人間だと！　人間を連れてきたのか！」

その時、繁みに隠れていた朝斗が姿を現した。そばには凪が鋭く目を光らせて立ってる。

「人間！」

二郎丸は両手を頭上に振りかざした。

「貴様、貴様……ッ、人間の分際でよくも我らの棲み家に足を踏み入れたな！」

「あ、あの……」

朝斗は腹の前で両手をぎゅっと握っていた。

「そなたが医者なのか？」

兄貴と呼ばれたカマイタチが朝斗に緑色の目を向ける。朝斗はなにか言い掛けたが、結局黙ってうつむいた。だから俺が言った。

「そうだよ、あいつが医者。人間専門だけど、具合が悪いのを診ることくらいはできる。もし、あんたらが病気なら、診るだけでも」

「だめだ！」

二郎丸は鎌をびゅんびゅん振るった。

「三郎太の病はそもそも人間のせいだ！　人間の車が三郎太を撥ねたから……。今もあやつは苦しんでいるのだぞ」

「交通事故？　病気じゃないの？」

「そうだ、事故だ」

事故？　事故なんだったら……、

「カマイタチは怪我を治す薬を持っているんだろ？　だったら弟に使えばいいじゃんか。なにか使えないわけでもあるのか？」

俺がそう言うと、答えてくれたのは兄貴の方だった。

「なんと聞いているのかしらぬが、我らの薬は我らが切ったものにしか効かぬ。人間の車によってつけられた傷は治すことができぬのだ」

「えっ」

それではカマイタチの薬は朝斗の患者、玲ちゃんには効かないじゃないか。

俺は朝斗の顔を見た。朝斗はショックを受けているようだった。

無理もない。一縷《いちる》の望みをかけてここまで来たというのに、期待通りのものではなかったのだから。

「うるさいっ、一郎兄貴！　こいつらに説明なんかしなくても……ううっ！」

二郎丸は頭を抱え、地面に額をこすりつけた。

「……頭が痛むんですか？」

朝斗がいつの間にか二郎丸のすぐそばまで来ていた。

「事故に遭ったのは弟さんなんでしょう？　なぜ君が……」

それにも一郎という名の兄が答えた。

「われらカマイタチは三位一体。三郎太が足を止め、二郎丸が切り、わしが薬を塗る。つねに三匹で行動し、一匹の苦痛は三匹で分かち合う。三郎太は我らの弟。二郎丸は三郎太が味わっている痛みを自分の身に引き受けておるのだ」

そんなことができるんだ。しかし二郎丸のこの苦しみよう。三郎太という弟はどれほどの怪我をしたと言うのだろう。

「車に撥ねられたと言ったね。頭を打ったのか？　君は今、弟さんの痛みを肩代わりしているんだったね？　頭のどの部分が痛む？」

「近寄るなッ！」

二郎丸は右腕を跳ね上げた。スパッと朝斗の左の手の甲が切れる。

「朝斗！」

朝斗の血にさっと俺の背筋が冷たくなった。駆け寄ろうとした俺を朝斗が手を上げて制する。

「……大丈夫だ、深くない」

朝斗は右手で切られた手の甲を押さえた。それでも血は流れて朝斗のシャツの袖を濡らす。

「君たちの頭部は犬より人に似ている。もしかしたら僕にもわかることがあるかもしれない」

朝斗は切られた左手を伸ばす。カマイタチの薬は役に立たない。それでも朝斗は彼らを診るつもりだ。やっぱり朝斗は医者なんだ。

「教えてくれ。痛むのはどの部分だ」

「……ッ」

二郎丸は一郎カマイタチを見た。兄は小さくうなずく。それでも口をもぐもぐさせて、答えるまで時間がかかった。

「右の……目の上だ」

「撥ねられた弟さんは出血したか？　撥ねられた直後の状態は？」

朝斗は一郎を振り向いて聞いた。一郎はだらりと腕を下げたまま、朝斗の質問に答えた。

「血は出ておらん。撥ねられてすぐは……頭を打ったと言っていたが元気であった。ちゃんと走って帰ってきたのだ。なのに少し前から体が痺れる、頭が痛い、と言って苦しんでおる」

最後は沈鬱な表情になった。とても兄弟思いの妖怪のようだ。

「走って帰った……撥ねられたのはいつですか？」

「今朝だ」

「時間はわかりますか？」

「朝のうちは雨が降っていた。その雨があがった頃だ……」

一郎が心細げな声で言った。時計を持たない妖怪は、自然現象で答えるしかない。

しかし俺たちはそこから時刻を調べることができる。

朝斗はスマホでこの地域の天気を調べた。それによると雨があがったのは九時前後ということになる。

「今は一三時。約四時間……」

朝斗は立ち上がった。

「患者を診せてください」

三

一郎は俺たちを洞窟の中に案内した。洞窟の中はあんがい温かく、乾いている。ところどころの岩壁が青白く光っていた。よく見ると小さな虫が発光しているのだ。夜光虫というものか。

る。

「こちらだ」

一郎と二郎丸は俺たちを広くなっている場所まで連れてくると、地面に横たわっている弟を見せてくれた。三人の中で一番毛艶もよく、丸い顔も若々しかった。柔らかな草の上に寝かされた三郎太は、ゴオゴオと鼻の奥から奇妙な音を立てている。

朝斗はその横に膝をつき、胸から小さなＬＥＤライトを取り出し、眠っている弟のまぶたをひっくりかえした。

頭に触れ、ライトでよく調べる。目の上あたりに大きな痣《あざ》があった。これが車にぶつかったものだろう。

「どう？　朝斗」

朝斗は厳しい顔になっている。

「たぶん、急性硬膜外血腫だ。ぶつかった直後に走ったと言うから硬膜下血腫じゃない。これなら、血腫を取り除けば治療は可能だ」

「じゃ、じゃあ、すぐに手術？」

「そうしたいが……」

朝斗は暗い顔つきで首を振る。俺は気づいた。手術しようにもそんな道具がない。持ってきている救急箱にはかすり傷を手当てするようなものしかないのだ。

「やっぱり僕に命を救うことなんて……」

朝斗はぎゅっと目を閉じた。

「貴様っ！　弟を、三郎太を助けられないのか⁉」

二郎丸が背後に仁王立ちになっていた。

「我らの巣に入り込んでおきながら、できないだと！」

俺は二郎丸の手の鎌を見た。切れ味鋭い刃先。凪の腕や朝斗の手をすっぱりと切ることのできる鎌。

「そうだ！　その鎌なら手術できるんじゃないの⁉」

俺は朝斗に叫んだ。

「カマイタチの薬はカマイタチが切った傷を治すんだろ、だったらあんたがその鎌で弟の頭を切ってやればいいんだ。それで血腫を取り出す。どうよ⁉」

「……その手があったか」

朝斗は目を開いて二郎丸を見上げた。

「君が執刀するんだ」

「な、なんだと⁉」

二郎丸はぎょっとした顔であとずさった。

「弟さんは頭を打ったことで頭蓋の中に血の膿がたまっている状態です。それが脳を圧迫している。だから頭を切って頭蓋の一部に穴を開け、膿を取り除くんです」

「そ、そんな、」

「僕が指示します。まず頭部の皮膚を切開して……」

「で、できるかっ！　そんなこと！」

カマイタチが両手を振り回した。朝斗の頬と肩から血が噴き出す。

「あ、朝斗！」

俺より先に飛び出したのは凪だ。あっという間に二郎丸の両手を押さえ、洞窟の岩肌に押し付ける。

「貴様、朝斗になにをする……」

凪が歯を剥きだして唸った。

「貴様の鎌だけ引きちぎって使ってやってもいいんだぞ」

鋭い牙が伸び、形相が変わっていた。以前、俺に見せたことのある、憤怒の仁王像のような恐ろしい顔だ。殺気がビリビリと俺の皮膚を刺す。

「凪さん、やめてください」

朝斗が静かに言う。肩からの出血が朝斗の服を濡らしていく。俺はいそいで大判の絆創膏を救急箱から取り出した。

「今は二郎丸くんの手が必要なんです。お兄さん、あなたからも説得してください」

朝斗は俺に手当を受けながら言った。一郎が凪の足元にひざまずき、頭を下げる。

「弟の無礼を許してくれ。いくらでも詫びよう。だが二郎丸を離してくれ。三郎太を救えるのは二郎丸しかいないのだ」

「あ、兄貴……」

凪はしぶしぶといった様子で二郎丸の手を離した。すごい力で握ったらしく、二郎丸の毛並みが押しつぶされ、元のように立ち上がるのに時間がかかった。

「二郎丸、頼む。三郎太を救ってくれ」

長兄の頼みに次兄は頼りなく首を振る。

「だけど弟を……三郎太を切るのは俺には……」

「傷つけるために切るんじゃありません、救うために切るんです。やってください」

朝斗も言った。二郎丸はよろよろと弟のそばへ来て膝をついた。

「どうすればいいんだ……」

朝斗はほっとして表情を緩めた。

「ヨル、救急箱から消毒薬を」

「了解！」

朝斗は一郎に向かって言った。

「痛みを代わることができると言っていましたね。今は二郎丸さんが引き受けている。

でも、弟さんの手術をするためには二郎丸さんの具合が悪いとまずいです」

「承知した。三郎太の痛みはわしが引き受ける」

言ったとたん、一郎は頭を抱えた。

「うう……痛い。これほどの痛みとは……」

「ヨル、一郎さんに痛み止めを」

俺は消毒薬を朝斗に渡し、痛み止めの錠剤を一郎に渡した。人間用が効くかどうかわからないが、ないよりはマシか。

痛みから解放された二郎丸は、兄とは逆に今までの険のある表情から、どこか愛嬌すら感じさせる顔になっている。

「よっしゃ！　やるぜ」

二郎丸は朝斗の指示に従い、まず皮膚の切開から始めようとした。しかし、最初の威勢はどこへやら、いざ、弟の前に立つと両手がぶるぶる震えている。

「しっかりしろよ！　今までさんざん切ってきたんだろ」

俺がはっぱをかけるも、二郎丸は顔をしかめ、両の鎌を擦り合わせる。

「お、弟を切るのは初めてなんだ！　しかも、頭だぞ！　俺はいままで人の腕や足は切っても頭なんて狙ったことはない」

「そうなんだ」

「そうだ、それがカマイタチの掟だし……」

得意げに話そうとする二郎丸を朝斗がさえぎる。

「早くしてください。時間がたてば血腫が大きくなり脳が損傷する」

「うう」

二郎丸の鎌の先が弟の額に触れる。触れる前はかなり震えていたが、その瞬間、震えはぴたりと止まった。二郎丸は一つ息を吐き、腕をわずかに引いた。ぷつぷつと赤い血が噴き出す。

そばにいた一郎が頭を押さえてうずくまる。皮膚が切り裂かれているのだから当然だろう。痛み止めはあまり効果がないようだ。

「L字形に切って下さい」

「エ、エルって?」

「こういう形」

俺は親指と人差し指で形を作った。二郎丸は慎重に切ってゆく。一郎は痛むだろうが黙って耐えていた。

「次は頭蓋の切開です。岩を切っていたくらいだから骨も切れますね?」

「あ、当たり前だ。ず、ずがい……どのくらいの大きさで?」

「五センチ四方…ええっと……」

センチで言ってもわからないはずだ。朝斗は指でその大きさを作ってなにかに喩《たと》えようと考えを巡らせているようだ。俺も考えたけどとっさには思いつかない。

「紅葉の葉くらいだ」

すかさず声をかけたのは凪だ。朝斗は目をみはり、それからうなずいた。

「そう、そうです。紅葉の葉が入るくらいの大きさで四角く切りとってください」

「も、もみじ……」

二郎丸はちらっと丸くなっている一郎を見た。

「頭を切って、兄貴は大丈夫なのか？」

「頭蓋骨自体に痛みは感じません。七百年も前に頭蓋に穴を開けて手術をした事実も多くあります。ドリルを使っていたようですが、当時の技術より、君の鋭い鎌で一気に開く方が数倍安全なはずです」

朝斗が言う七百年前の手術というのは、古代インカ帝国の遺跡で発見された穴の開いた頭蓋骨の話だ。穿頭術《トレパネーション》という技術で、俺も写真を見たことはあるが、きれいな丸い大穴が開いていていた。

「わかった……」

そのあと二郎丸は度胸を決めたのか、弟の頭蓋を一瞬で開いた。

中を覗くと、思った通り頭蓋の中に大量の出血があった。これが脳を圧迫している。

それらをガーゼで吸い取り、血腫を取り除いてゆく。

たくさんあったガーゼを全て使い切り、三郎太の治療は終わった。

「これでいい。あとは縫合だが、カマイタチの薬があれば……」

「ま、まかせてくれ」

丸まっていた一郎が手に載るくらいの小さな壺を取り出す。その中にある薬を指先でとると弟の頭部の傷に塗った。切ったあとが見る間に消えていってしまう。

「すごいな、これがカマイタチの薬か」

「ふう――」

二郎丸は大きなため息をついてその場に腰を落とした。ずっと緊張していたのだろう。一郎も丸めていた背を伸ばし、息を吐く。

「これで、三郎太は助かるのか？」

一郎は緑の瞳に希望を載せて朝斗を見上げた。

「はい、傷はふさがりましたがしばらくは布を巻いておきましょう。あとは安静にしていればすぐに回復します」

「……すまなかった！」

二郎丸は地面に両手をついた。鎌は今はもう姿を消し、動物の丸い手だけになっている。

「あんたを信じずに傷をつけてしまって。あんたは弟の命の恩人だ」

「いえ……」

朝斗は力なく首を振った。

「実際、執刀したのは君です。僕にできたかどうかわからない……僕はまだメスを持つのが怖い。救急箱にメスが入ってなくて本当は少しほっとしていた」

「お医者さま、薬を使ってくだされ」

回復した一郎が指に薬をとり、朝斗の手の甲や頬、肩に塗ってゆく。傷があっという間に消えるのを見て、朝斗は苦笑した。

「僕らにも下心がありました。君たちの薬を使って病人を助けたかったんです」

「そうだったんですか……お役に立たず申し訳ない」

「いいえ。他の方法を探してみます」

俺たちはカマイタチにはざまの神社の存在を話した。カマイタチたちは過去に行けるという話に興味を示し、弟が回復したら神社へ来るという約束をしてくれた。

「なんのお礼もできませんが、せめてこれを持っていってくだされ」

一郎と二郎丸が用意してくれたのは山ほどのタケノコだ。赤ん坊ほどの大きさのそれを俺たちは一個ずつ、凪は四つ両手に抱えてくれた。

それを後部座席に載せて、俺たちは車で出発した。二匹のカマイタチは道の真ん中に立ってずっと見送っていてくれた。

「ヨル……」

　ハンドルを握る朝斗が呟く。

「あのとき、彼らを助けようと言ってくれて……ありがとう」

「いやぁ……」

　俺は頭の後ろで腕をくんで、フロントガラスの向こうを眺めた。太陽がずいぶん低くなり、もうじき黄昏がやってくる。

「凪の言う通り、朝斗は傷ついたものを放っておけないんだと思う。医者になったのは家族に言われたからだとしても、きっとどんな形でも命を助ける人になっていたよ。だから今の探偵業は最適なんじゃない？」

「そうかな……」

「きっと玲ちゃんを助ける方法も見つかるよ」

「ああ」

　俺は鏡で後部座席の凪を見た。凪はタケノコと一緒に眠っている。こいつほんとに黙っていればお姫様みたいにかわいいんだけどな。

　凪は朝斗の巻いた包帯の腕をもう片方の腕で抱いていた。まるで宝物を抱くように。

「そうでしたか。カマイタチの薬はカマイタチによる傷にしか効かないのですか……わたしの認識不足でした。申し訳ない」

報告を聞いた神主は俺たちに謝ってくれた。大きな×印が全面に描かれている紙を顔の前に垂らしている。まるでこの報告を聞くために描いたようだ。

「いえ、いいんです。薬を持っている妖怪……治療をできる妖怪が確かにいるということはわかりましたから」

朝斗は唇に薄く笑みを浮かべて答えた。

「それにあいつら過去に行きたいって言ってくれたし。神主さんの壮大な計画の一部が進んでるってことじゃない」

俺が励ますように言うと、神主はうなずいた。

「そうですね……それは嬉しいです」

神主は茅の輪を見つめた。いや、きっとそのずっと向こうを見ているのだろう。

「いつか人と妖怪が隣り合って暮らせるような世界が来る……わたしは諦めませんよ」

「いいね。人と妖怪がリンジンになれる世界って――きっと勇気リンリンだね！」

「ぐ､」

神主が紙の下の顔を両手で覆った。ブルブルと背中が震えている。

「ヨル……その寒いダジャレはもういい加減にしろ」

朝斗がうんざりした調子で言った。

「えー、だって神主さんにはウケてるじゃん」

「聞いてるこっちがつらい」

朝斗と話している間にようやく神主が復活した。

「わ、わたしはヨルくんのソレが気に入ってますので……」

弱弱しく言う神主に朝斗は諦めたような息をついた。

「そうだ。凪さんも腕を怪我していたんだ。あのときうっかりカマイタチの薬を塗らなかったけど」

話題を変えようとしたのか、朝斗が神主の横に控えている凪に手を差し伸べた。しかし凪は腕をマントにいれたままあとずさる。

「大丈夫だ」

「いや、一応診せてください。いくら君が普通の人間じゃないと言っても、腕一本ですよ？」

「凪。朝斗さんに診てもらいなさい」

神主に言われ、凪はしぶしぶといった様子でマントの下から腕を出した。ゴスロリのフリル袖がすっぱりと斬り取られている。そういえば凪のこの服は誰が買っているんだろう。

そう聞くと神主はなんでもないことのように「通販です」と答えた。

「え？　この神社に宅配の人が来るの⁉」

「いいえ、今は宅配ボックスという便利なものがあるので、凪に受け取りに行ってもらってます」

それにしたって注文はどうやっているんだ。しかし神主はそこまでは教えてくれなかった。き、気になる……。

朝斗は凪の包帯をほどいて腕を確認した。

「ちゃんとくっついている……傷跡もない」

驚く朝斗に凪はふんっと鼻を鳴らす。

「だから言っただろう。大丈夫だと」

「そうですね。元のままのきれいな腕だ」

朝斗は指の腹でそっと凪の腕に触れた。凪はどこかむず痒いような顔をして、包帯を差し出した。

「巻いておけ」

「え？　でも治ってますよ」

「いいから巻いておけ。ネンノタメだ」

「は、はあ……」

朝斗が包帯を巻く。その様子を凪はじっと見つめていた。まなざしが柔らかいように見えるのは気のせいだろうか？

「凪」

朝斗が神主とカマイタチについて話している間に、俺は凪に声をかけた。凪は神社の階段に座って包帯の巻かれた腕をさすっている。もしかしたら傷がないだけで少しは痛いのかもしれない。

「ほんとに大丈夫か？　切ったあともけっこう動いていただろ」

「大丈夫だ」

凪はぷいと俺から顔を背け、鳥居の方を見やった。

「痛み止めもあるから、痛いときは言えよ」

「人の薬なぞ効かん」

「あ、そう……」

手首を回して凪は包帯を見つめる。

「昔……」

「え？」

「昔もこんなふうに腕に布を巻いてもらったことがある」

凪が昔語りをするなんて初めてじゃないか？　俺は凪の隣に腰を下ろして、白い包帯の腕を見つめた。

「昔って……怪我をしたのか？」

「やはり腕を斬り落とされてな、人間に奪われてしまったのだ」

物騒な話だ。だけど凪はどこか懐かしそうな顔をしている。

「おまえが腕を？」

凪はかなり強いから、その相手ってのは相当な使い手なんじゃないか？

「誰なんだ、それ」

俺は興味が出てきて聞いてみた。もしかしたら凪の弱点を探れるんじゃないかというゲスな考えもあってのことだ。

「もうずいぶん昔だからな。……ナワとかツナとかいう名前の武将だったな」

凪は目を上に向けて記憶をたどるような顔をした。縄とか綱？　それほんとに人の名前か？

「凪はそいつの家に行き、腕を奪い返した。だが、そのときそいつは凪と戦わず、逆に腕をくっつけて布を巻いてくれた。凪は……」

「うん？」

　凪は黙り込んだ。腕の包帯を優しく撫でている。

　俺はしばらく待っていたが、凪はそのあと口を開くことはなかった。


　朝斗と一緒に三軒茶屋の事務所に戻った後、俺は凪の話が気になった。腕を奪い返す、という話をどこかで聞いたように思ったからだ。

　そこでパソコンで「腕　奪い返す　縄」「腕　奪い返す　綱」で検索してみた。そうすると、「縄」では出なかったが、「綱」ではたくさん出てくるものがあった。

　綱は渡辺綱《わたなべのつな》という、平安時代中期の武将。そして腕を切り取られたのは大江山の鬼、茨木童子《いばらきどうじ》――。

「……鬼、茨木童子」

　平安の頃、京を荒らしていた茨木童子は一条戻橋で美女に化け、渡辺綱と出会う。茨木は綱を大江山に連れて行こうとしたが、綱は名刀、髭切《ひげきり》で茨木の腕を斬り落としてしまう。

　後日、茨木は綱の伯母に化け、鬼の腕を一目見たいとねだり、油断した綱の隙をついて腕を奪い去ってゆく……能や歌舞伎で上演される演目ともなる有名な話だ。どこかで聞いたことがあるのも道理かもしれない。

「凪が鬼……まああの怪力を考えたら納得だけど」

じゃあ、あの姿は化けているのだろうか。時々見せるおっかない顔が凪の本性なんだろうか？

「まあ……俺も化け猫だし、な」

凪の正体がなんでも妖怪仲間ということは変わりない。

「ヨル、ミルクをいれたぞ」

朝斗が来客用のテーブルにミルクとコーヒーを置く。いい香りに俺は鼻をひくひくさせた。

「今いくよ」

俺はパソコンをシャットダウンして、立ち上がった。

終

しばらくして再び神主に呼び出された。

はざまの神社へ行くと、神主はもう本殿の前に立っていて、俺たちが鳥居をくぐる前にこちらに駆け寄ってきた。いつもおっとり構えているのに、今日はなんだか興奮しているようだった。

「朝斗さん、ヨルくん、朗報ですよ！」

挨拶もそこそこに元気よく声をあげる。今日の神主は顔の真ん中にぐるぐると渦巻きがついている。

「薬を持っている妖怪が見つかったんです！」

「え、な、なんの妖怪ですか？」

神主に手首を握られた朝斗はがくがくと揺すられるままに聞き返した。

「河童です！」

神主は得意げな声を出した。

「河童ァ？」

思いがけない名前に俺と朝斗は顔を見合わせた。

「河童ってあの、川にいる……頭が皿の……？」

「相撲ときゅうりが好きで、泳いでる人の尻子玉を抜くっていう……？」

「そうです、その河童です！」

神主は嬉しそうに言った。

「河童の妙薬というものがあるんです。この薬はどんな病人もたちどころに治すと言われています。話だけは知っていたのですが、河童のいる川を特定できていませんでした。でも」

ぐいっと神主はぐるぐる渦巻きの顔を俺たちに近づけた。

「ようやくその河童がいる川が見つかりましたので、さっそく出かけてください！」

「わ、わかりました、ありがとうございます！」

神主から白木の絵馬と地図を貰い、俺たち――俺と朝斗と凪は、はざまの神社を飛び出した。


現代日本で困窮している妖怪を救うため、病院で眠り続けている玲ちゃんを救うため、俺たちはこれからも日本中を走り回ることになるだろう。

探しものは猫ですか？　妖怪ですか？

もしかしたら朝斗の心からの笑みかもしれないね。

それを見つけに俺たちは黄昏の神社から朝の街へ、夜の街へ。

三人で走っていくんだ。

本書は書き下ろしです。
この物語はフィクションです。
実際の人物・団体等とは一切関係ありません。

ポルタ文庫
探《さが》しものは妖怪《ようかい》ですか？
はざまの神社《じんじゃ》の猫探偵《ねこたんてい》

2021年4月26日　初版発行

著者　霜月りつ

発行者　福本皇祐
発行所　株式会社新紀元社
〒101-0054
東京都千代田区神田錦町1-7　錦町一丁目ビル2F
TEL：03-3219-0921　FAX：03-3219-0922
http://www.shinkigensha.co.jp/
郵便振替　00110-4-27618
カバーイラスト　すずむし
DTP　株式会社明昌堂
印刷・製本　株式会社リーブルテック

ISBN978-4-7753-1908-6